『诗词大会』夺冠文库

三国演义

诗词赏析

总主编 ｜ 顾之川
执行总主编 ｜ 万福成

U0643511

山东城市出版传媒集团·济南出版社

图书在版编目（CIP）数据

《三国演义》诗词赏析 / 张培芝，白芳著. -- 济南：济南出版社，2019.3（2022.1重印）

（诗词大会夺冠文库 / 顾之川，万福成主编）

ISBN 978-7-5488-3587-5

Ⅰ.①三… Ⅱ.①张… ②白… Ⅲ.①《三国演义》—古典诗歌—诗歌欣赏 Ⅳ.①I207.413

中国版本图书馆CIP数据核字（2019）第037857号

出 版 人	崔　刚
丛书策划	冀瑞雪　冯文龙
责任编辑	冀瑞雪　殷　剑
装帧设计	张　倩
出版发行	济南出版社
地　　址	山东省济南市二环南路1号（250002）
编辑热线	0531-86131747（编辑室）
发行热线	86131747 82709072 86131729 86131728（发行部）
印　　刷	山东新华印刷厂潍坊厂
版　　次	2019年3月第1版
印　　次	2022年1月第2次印刷
成品尺寸	150mm×230mm 16开
印　　张	8.5
字　　数	118千
印　　数	10001—15000册
定　　价	36.00元

总序

顾之川

近年来，中国传统文化逐渐成为社会文化热点，一大批语言文化类节目热播，如《汉字英雄》《中国汉字听写大会》《中国成语大会》《中国谜语大会》《朗读者》《经典咏流传》等，均以汉语言文学的无穷魅力吸引了无数观众，特别是青少年，引起社会热烈反响和广泛好评。其中尤以中央电视台的《中国诗词大会》，将中国古典诗词用新颖活泼的电视节目形式呈现出来，受众面广，赞誉度高，影响也最大，成为我国文化领域一道靓丽的风景线。山东城市出版传媒集团·济南出版社以此为契机，组织全国著名的教育专家和教学名师，及时推出这套《"诗词大会"夺冠文库》，展示诗歌之美，聚焦文学魅力，很有眼光和魄力。我承乏担任总主编，非常乐意向广大读者推介。

诗词是人们思想感情的高度凝练，是祖国语言文字的精华荟萃。中国是一个诗的国度，诗歌天空群星璀璨，唐诗、宋词、元曲都代表着一代文学的最高成就，不仅承载着文化传统，凝聚着民族精神，是增强民族认同感、凝聚力和创造力的元典，而且意境深邃，蕴含丰富，语言精练含蓄、生动形象，富有节奏感和音乐美，因而一直是我国中小学语文教育的重要内容。古诗词作品在新的统编语文教材中，不仅分量增多，覆盖面变广，要求也更高。小学、初中编入古诗词128首，高中仅要求背诵的就有40首。阅读诗词尤其是古诗词，不仅可以积累文言知识和文学文化常识，感受汉语言文字的优美和伟大，丰富传统文化素养，吸取中国优秀传统文化的精华，增强文化底蕴。更重要的是，当你遇到相同境遇时，可以得到千百年以前先贤们的抚慰、理解和激励，从中汲取思想、感情和艺术的营养，深化对历史、社会和人生的认识。尤其对于中小学生来说，更可以通过阅读古诗词，陶冶性情，感受真善美，培养审美情趣，发展思维能力。比如，屈原高洁坚贞的人格和对美好政治的理想，陶渊明诗中的率性自然，李白诗中的浪漫情怀，杜甫诗中的家国兴亡之叹，宋词中婉约细致的柔情之歌、慷慨激昂的爱国之声等，可以培养形象思维能力，唤起联想和想象，发展想象力，进而诱发创造性思维，引导我们认识社会，健全人格。再比如，陶渊明"采菊东篱下，悠然见南山"于自然平淡的语言中蕴含深杳情怀，白居易《琵琶行》中对音乐生动形象的描绘，对模仿、借鉴优美的文学语言，发展语言表达能力，都有直接的熏陶感染作用。

　　这套《"诗词大会"夺冠文库》设计新颖，很有创意，可谓别具匠心。丛书包括两部分，一是《四大名著诗词赏析》，共四册，每册精选了我国文学史上四大名著《红楼梦》《西游记》《水浒传》《三国演义》中有代表性的、能够体现人物性格特点的120首诗词加以赏析，供读者诵读和欣赏，既能让一般读者体会到小说中的诗词之美，又能帮助理解小说故事情节，把握人物性格特征。二是《飞花令》，即采用古代文人墨客行酒令的诗词文字游戏"飞花令"形式，解读诗词名篇佳作。丛书共五册，每册选取古诗词中常见的8个高频字，每字精选了40首左右的诗句，并附有解释。对部分比较生疏的古诗词，采用了整首诗的编辑方式，同时附有注释、赏析，这有利于全面了解诗句的意思和由来等。每册书后附有这套丛书的40个令字的《诗句令字音序检索表》，像查字典一样，便于快捷地查找到所需的诗句。这是一套实用性工具书，是开展古诗词"飞花令"竞赛等相关活动的宝典，方便参赛者有针对性地进行诵读练习。丛书内容为全国知名专家精选而成，其中部分篇目在中央电视台综合频道播出的《经典咏流传》传唱，如王维的《山居秋暝》、苏轼的《定风波·莫听穿林打叶声》、辛弃疾的《青玉案·元夕》、袁枚的《苔》等，深受大众喜爱。

阅读这套文库，至少具有两方面的意义：一是可以帮助读者读懂四大文学名著，更好地理解和欣赏四大文学名著。相对于以往四大名著诗词赏析类的图书，这套丛书的赏析特别强调通俗易懂，便于普及提高，更适用于普通读者。二是能够让参赛者在"飞花令"这种富有高雅情趣的竞赛活动中，促进古诗词的学习和训练，检验积累和诵读的成效，享受古诗词诵读的快乐，提升文化素养和品位。

愿广大读者阅读文学名著，喜爱祖国语文，热爱中华母语。享受古诗词，玩转飞花令！

2018年3月27日　改定于浙江师范大学

目 录
CONTENTS

　　我国古代四大名著是中华民族文化的瑰宝，是中国文学史上的璀璨明珠，是中国小说史上的珠穆朗玛。它是笔墨写就的史诗，前无古人，后无来者；它字字珠玑，章章宝玉；它是对时代的静穆凝视，也是对历史的深沉思考。

　　四大名著的突出特色就是故事情节和诗词的融合。这些诗词如碧天里的星星，流光溢彩；它穿越时空，镶嵌在四大名著的长廊。这些诗词连缀的音符，如同大珠小珠在玉盘滴落，韵味无穷。

　　基于读者对四大名著的热爱，以及目前市场上对四大名著诗词的赏析类读物过于专业和高深的现状，我们萌发了编写一套更为通俗的四大名著诗词赏析读本的想法，以帮助读者更加轻松便捷地理解诗词内容，从而加深对整部作品的理解，形成自己独到的文学鉴赏方法。本套丛书共四本，即《"诗词大会"夺冠文库：〈红楼梦〉诗词赏析》《"诗词大会"夺冠文库：〈三国演义〉诗词赏析》《"诗词大会"夺冠文库：〈水浒传〉诗词赏析》《"诗词大会"夺冠文库：〈西游记〉诗词赏析》。

　　在内容上，这四本书分别从原著中选取有代表性的经典诗词120首,这些诗词或充分体现人物性格特点,或形象地概述章节内容,内涵丰富,寓意深刻。读之赏之,可以更好地品味小说中的诗词之美和诗词之趣,同时也能更好地理解小说的思想内容,走入人物的精神世界。

在体例上,我们按照小说章节顺序选取诗词,每一篇包括"原文""注释""赏析"三部分,"注释"和"赏析"尽量做到通俗易懂、简明扼要。

基于义务教育阶段的阅读要求,以及普通高中课程标准设置的"整本书阅读"的任务群,本套丛书的编写要旨还在于引导学生读经典,读整本书,培养学生的审美能力、鉴赏能力与创造能力,促进其思维发展与提升,使学生通过对中华古典诗词的积累和运用,丰富大脑库存,领略文化意蕴,强化对中华优秀传统文化的认同,增强文化理解与自信,提高语文核心素养和文化修养。

在编写过程中,编著者查阅参考了大量相关资料,以对四大名著负责任的态度,极其认真地研究推敲每一首选入的诗词,前后对照,反复斟酌,几易其稿。即便如此,水平所限,总有遗憾,书中不足,在所难免,恳请广大读者批评指正。另需要说明的是,因原著成书时间较早,同时受历史因素的影响,丛书中的个别观点,请读者以历史的视角去审视!

编　者

2018年11月

原 文

1. 临江仙

〔明〕杨 慎

滚滚长江东逝水，浪花淘尽英雄。是非成败转头空：青山依旧在，几度夕阳红。

白发渔樵江渚①上，惯看秋月春风。一壶浊酒喜相逢：古今多少事，都付笑谈中。

【注释】

① 江渚（zhǔ）：江中小洲。也指江边。

【赏析】

这首词原为杨慎《廿一史弹词》第三段《说秦汉》的开场词。清初，毛纶、毛宗岗父子在重批《三国演义》时，联想到这首词与小说一致的主调和意境，就将其添加在小说开头。对于《三国演义》而言，这无疑是画龙点睛，锦上添花。

词的上片从大处落笔，写古来多少英雄成败，只如大浪淘沙，转眼成空，格调苍凉悲壮。前两句由杜甫"不尽长江滚滚来"和苏轼"大江东去，浪淘尽、千古风流人物"化出，表现历史洪流的无穷无尽。第三句"是非成败转头空"直接抒发词人对历史和人生的感悟。"青山依旧在，几度夕阳红"两句，则在景语中蕴含深刻的哲理。

下片写江上渔樵饮酒闲话，格调转为淡泊超脱。"惯看秋月春风"一句，点出"渔樵"的阅历丰富。他们历经沧桑，看惯了世事变迁，大彻大悟，正因如此，才能将古今事"都付笑谈中"。"笑谈"二字，于平淡宁静之中含旷达豪放之气。

《三国演义》中的诗词，多写具体的人物和事件；这首词并未针对任何具体的人或事，而是综观古今兴亡盛衰，将英雄成败置于永恒的宇宙和无尽的历史长河中，大气磅礴，意境高远，给读者丰富的想象空间。将这首词放在《三国演义》的卷首，确实具有提纲挈领的作用。

原　文

2. 赞赤兔马

奔腾千里荡尘埃，

渡水登山紫雾开。

掣断丝缰摇玉辔①，

火龙飞下九天来。

【注释】

① 辔（pèi）：驾驭牲口的嚼子和缰绳。

【赏析】

这首诗出自《三国演义》第三回《议温明董卓叱丁原　馈金珠李肃说吕布》。

董卓独揽朝政，欲废掉少帝，立陈留王，百官皆惧董卓威势，不敢出声。只有荆州刺史丁原推案而出，仗义执言。董卓恼羞成怒，想除掉丁原，却又惧怕丁原义子吕布。谋士李肃与董卓密谋后，就带着金珠玉带，牵着赤兔马来见吕布。

赤兔马神骏无匹，非超凡之人不能驾驭。只见它："浑身上下，火炭般赤，无半根杂毛；从头至尾，长一丈；从蹄至项，高八尺；嘶喊咆哮，有腾空入海之状。"

诗歌前两句对赤兔马进行立体式的描摹刻画。"奔腾千里荡尘埃"，极力夸赞赤兔马耐力好、速度快，使读者仿佛看到它在旷野上奔驰，风驰电掣，荡起无数尘埃。"渡水登山紫雾开"，则写赤兔马登山涉险的能力：它越过河流，如履平地；翻过高山，轻松自如。当它穿云破雾迎面奔来时，人们会不由地惊叹：这是人间的马吗？不，它是天上的火龙啊，扯断了缰绳，摇动着玉辔，从天庭飞到凡间来了。

对于吕布这样一位虎将而言，得到赤兔马可谓如虎添翼。自此，吕布乘着此马，挥舞着方天画戟，征战沙场，威震华夏，被赞为"人中吕布，马中赤兔"。

原　文

3.嫩草绿凝烟

〔汉〕刘　辩

嫩草绿凝烟，

袅袅双飞燕。

洛水^①一条青，

陌上^②人称美。

远望碧云^③深，

是吾旧宫殿。

何人仗忠义，

泄我心中怨！

【注释】

①　洛水：黄河右岸重要支流。②　陌上：指田间小路上。③　碧云：喻远方。多用以表达离情别绪。

【赏析】

这首诗出自《三国演义》第四回《废汉帝陈留践位　谋董贼孟德献刀》。

董卓立陈留王为帝，将少帝等迁至永安宫。一日，春日融融，双燕呢喃，翩翩飞于庭中。少帝触景生情，遂吟诗一首。

嫩绿的青草如朦胧的烟雾，两只燕子在空中轻盈地飞舞。春天的洛河清澈晶莹，如碧绿的玉带在原野上流向远方。田间的农人、路上的行人面对美好的春景，无不赞叹连声。我被囚禁在这废弃的永安宫里，凝望着远方，那楼阁高耸、亭台相连的所在，就是我旧日的宫殿啊！还有谁能忠肝义胆讨伐董贼，为我夺回失去的一切，解除我心中的怨恨？

诗歌运用"以乐景写哀情"的表现手法，通过描写美丽迷人的春光，反衬少帝心中的无助和仇怨。

从篇章结构上来看，这首诗推动了全书故事情节的发展。少帝被囚后，董卓欲除之而后快，但又担心激起众愤，故未立即动手。得到此诗后，董卓说："怨望作诗，杀之有名矣。"于是派李儒带人杀害了少帝、何后和唐妃。董卓的残暴不仁，彻底把朝臣推向自己的对立面，使矛盾日趋白热化。此后，伍孚行刺、孟德献刀、十八路诸侯大战董卓、王司徒巧用连环计等精彩故事依次登场。

原　文

4. 关羽温酒斩华雄

威镇乾坤第一功，
辕门画鼓响冬冬。
云长停盏施英勇，
酒尚温时斩华雄①。

【注释】

① 华雄：董卓部下武将。

【赏析】

这首诗出自《三国演义》第五回《发矫诏诸镇应曹公　破关兵三英战吕布》。

欲要成名，需要大舞台；一旦登场，要有碰头彩。关羽成为叱咤风云的名将之前，也必须有一个登台亮相的舞台。为了关羽的出场，作者蓄满了笔力，做足了铺垫。

袁绍率十八路诸侯讨伐董卓。董卓手下大将华雄一出场，就一连斩杀联军的数员大将，把号称江东猛虎的孙坚也追杀得仅以身免。当"众皆失色"，无人敢应战之际，关羽主动请缨，这却激怒了袁术："量一弓手，安敢乱言！与我打出！"袁绍也认为："使一弓手出战，必被华雄所笑。"铺陈至此，真真吊足了胃口。在轻蔑和嘲讽声中，关羽提刀上马直奔沙场。接下来，作者并没有依照常理去正面刻画关羽如何斩杀华雄，而是运用侧面描写的手法，把镜头留在帐内。诸侯们"听得关外鼓声大振，喊声大举，如天摧地塌，岳撼山崩，众皆失惊"。

关羽出战前，曹操亲斟一杯热酒为他壮行。关羽自信而豪迈地说："酒且斟下，某去便来。"酒杯中的热气袅袅上升，还未散尽，英雄已然凯旋，一代名将横空出世，曹操、关羽两位英雄的风云际会也就此拉开帷幕。

这四句诗，句句如暴风疾雨，字字如战鼓擂响，节奏急切，音韵铿锵，读来令人热血沸腾，心中涌起万丈豪情。

【注释】

① 檄（xí）：传递征召、晓谕、声讨的文书。② 荧煌：光辉灿烂的样子。③ 蛱（jiá）蝶：蝴蝶。④ 幡（fān）：用竹竿等挑起来直着挂的长条形旗子。⑤ 绦绦（tāo）：此处指缰绳。

【赏析】

这首诗出自《三国演义》第五回《发矫诏诸镇应曹公　破关兵三英战吕布》。

诗歌前八句叙述了"三英战吕布"故事发生的背景：董卓灭国弑君，残害生灵，天怒人怨。曹操传檄天下，十八路诸侯群起响应，共推袁绍为盟主，在虎牢关与董卓展开大战。

接下来的八句盛赞吕布的英武豪迈。先是一句总括："温侯吕布世无比，雄才四海夸英伟。"然后采用汉赋铺陈的手法，热情洋溢、不惜笔墨地详细刻画了他银光闪闪的护身铠甲、簪着雉尾的束发金冠、野兽平吞的腰间宝带、随风飘动的飞凤战袍、跳踏起风的赤兔宝马、光芒四射的方天画戟。这样的吕布在阵前一亮相，真是百倍的威风，万丈的杀气。吕布连斩数将，令诸侯胆裂，无人敢于迎战。至此层层铺垫，为刘关张出场做足了准备。

诗歌紧接着描绘了激战的场面，这也是全诗的重心所在。张飞挺枪跃马，来战吕布。两人酣战多时，不分胜负。关羽挥舞青龙偃

原　文

5. 虎牢关三英战吕布

汉朝天数当桓灵，

炎炎红日将西倾。

奸臣董卓废少帝，

刘协懦弱魂梦惊。

曹操传檄①告天下，

诸侯奋怒皆兴兵。

议立袁绍作盟主，

誓扶王室定太平。

温侯吕布世无比，

雄才四海夸英伟。

护躯银铠砌龙鳞，

束发金冠簪雉尾。

参差宝带兽平吞，

错落锦袍飞凤起。

龙驹跳踏起天风，

画戟荧煌②射秋水。

出关搦战谁敢当？

诸侯胆裂心惶惶。

踊出燕人张翼德，

手持蛇矛丈八枪。

虎须倒竖翻金线，

原 文

环眼圆睁起电光。

酣战未能分胜败，

阵前恼起关云长。

青龙宝刀灿霜雪，

鹦鹉战袍飞蛱蝶③。

马蹄到处鬼神嚎，

目前一怒应流血。

枭雄玄德掣双锋，

抖擞天威施勇烈。

三人围绕战多时，

遮拦架隔无休歇。

喊声震动天地翻，

杀气迷漫牛斗寒。

吕布力穷寻走路，

遥望家山拍马还。

倒拖画杆方天戟，

乱散销金五彩幡④。

顿断绒绦⑤走赤兔，

翻身飞上虎牢关。

月刀，刘备掣出双股剑也来助战，"这三个围住吕布，转灯儿般厮杀，八路人马，都看得呆了"。即使以一挡三，吕布也毫无惧色，遮拦架隔应对自如。杀声震天，烟尘弥漫，三英越战越勇，最终逼迫"吕布力穷寻走路，遥望家山拍马还"，荡开阵角，倒拖画戟，"顿断绒绦走赤兔，翻身飞上虎牢关"。

　　虎牢关一战，刘关张在群雄面前闪亮登场，逐渐成为全书主角。吕布战败，也表明董卓势力遇到了强大的对手，敲响了灭亡的丧钟。

原　文

6.奇　见

〔宋〕华　岳

红牙^①催拍燕飞忙，
一片行云^②到画堂。
眉黛促成游子恨，
脸容初断故人肠。
榆钱^③不买千金笑，
柳带何须百宝妆。
舞罢隔帘偷目送，
不知谁是楚襄王^④。

【注释】

①　红牙：乐器名，用以调节乐曲的节拍。②　行云：这里指貂蝉。③　榆钱：代指权势富豪。④　楚襄王：此处代指董卓。

【赏析】

这首诗出自《三国演义》第八回《王司徒巧使连环计　董太师大闹凤仪亭》。

董卓施虐，混乱朝纲。司徒王允经过反复筹划，决定用"连环计"，使得董卓与吕布反目，以绝大恶。在这冰冷残酷的背景下，貂蝉如一朵红云，轻盈地飘到人们眼前。

董卓应王允之请前来赴宴。貂蝉于帘外翩然起舞。伴着红牙板的节拍，她时而像燕子掠空般迅疾，时而如云朵浮空般轻柔，身材婀娜，舞姿曼妙。拥有绝世容颜的她，一颦一笑都令人万般留恋，不忍离去。即使迫不得已告别，也让人柔肠寸断，"未登程先问归期"。

貂蝉的出场使王允的计策得以顺利实施。一段刀光剑影的岁月结束了，那轻似微风、艳如红云的貂蝉，在历史舞台上依旧舞姿绰约，楚楚动人。

原 文

7. 王允运机筹

王允运机筹①，
奸臣董卓休。
心怀家国恨，
眉锁庙堂②忧。
英气连霄汉，
忠诚贯斗牛③。
至今魂与魄，
犹绕凤凰楼④。

【注释】

① 机筹：指计策，计谋。② 庙堂：代指朝廷。③ 斗牛：此处泛指天空。④ 凤凰楼：指皇宫。

【赏析】

这首诗出自《三国演义》第九回《除暴凶吕布助司徒　犯长安李傕听贾诩》。

在动荡不安、人人自危的东汉末年，王允本可以像绝大多数人那样，对势焰熏天的董卓拍马逢迎，唯唯诺诺，这样就可以保住身家性命和富贵荣华。但他疾恶如仇，立志匡扶社稷，替君分忧。他巧用连环计，离间董卓和吕布，最终成功除掉了董卓。王允的威望也因此达到了顶峰。

在一片欢呼喝彩声中，他却没有居安思危，反而居功自傲，刚愎自用。尤其是缢死德才兼备的蔡邕，使他大失民望。再就是书生意气误国，他拒绝了李傕、郭汜的求赦，逼迫他们反叛。

当叛军兵临长安城下，王允再次彰显英雄本色，拒绝与吕布一起逃走："若蒙社稷之灵，得安国家，吾之愿也；若不获已，则允奉身以死。临难苟免，吾不为也。为我谢关东诸公，努力以国家为念！"他为保全社稷，纵身跳下城楼，孤身一人与叛军对阵，慷慨赴死。

王允虽然功败垂成，但他心怀家国、忠贞不渝的品格将永垂史册；他的英勇刚烈和才智气魄也将永为后人所敬仰。

原　文

8. 汉室衰

光武中兴兴汉世，
上下相承十二帝。
桓灵无道宗社堕，
阉臣①擅权为叔季。
无谋何进作三公，
欲除社鼠招奸雄②。
豺獭虽驱虎狼入，
西州逆竖生淫凶。
王允赤心托红粉，
致令董吕成矛盾。
渠魁殄灭③天下宁，
谁知李郭心怀愤。
神州荆棘争奈何，
六宫饥馑愁干戈。
人心既离天命去，
英雄割据分山河。
后王规此④存兢业，
莫把金瓯⑤等闲缺。
生灵糜烂肝脑涂，
剩水残山多怨血。
我观遗史不胜悲，
今古茫茫叹《黍离》。
人君当守"苞桑"戒，
太阿⑥谁执全纲维。

【注释】

①　阉臣：与下文"社鼠""豺獭"均指汉末专权的十常侍。②　奸雄：与下文"虎狼""逆竖""渠魁"均指董卓。③　殄（tiǎn）灭：灭绝。④　规此：想到此事。⑤　金瓯（ōu）：指国土。⑥　太阿：古宝剑名。

【赏析】

这首诗出自《三国演义》第十三回《李傕郭汜大交兵　杨奉董承双救驾》。

光武帝刘秀重新振兴汉朝基业，传至桓、灵二帝时，因皇帝昏庸懦弱，导致宦官专权，外戚干政，朝政混乱，诸侯割据。汉室如一辆失控的战车，迅速冲下悬崖，奔向没落。为消灭专横跋扈的宦官势力，大权在握而又"无谋"的何进引狼入室，奸臣董卓趁机独揽大权，残害生灵。王允使用连环计消灭董卓后，因为居功拒谏，举措失当，又使李傕、郭汜起兵造反。战乱频仍，天灾不断，就连皇室都饥寒交迫，底层百姓更是朝不保夕。触目惊心的乱世悲剧，让作者禁不住大声呼吁统治者要以史为鉴，励精图治，固守基业，兢兢业业治理天下。因为一旦天下大乱，将有数不清的生命死于战火，无辜者的鲜血盈满山河。作者同时也期盼忠智之士能挺身而出，捍卫国家统一，维护朝廷法度，给老百姓撑起一片能够活下去的天空。

这首歌行体的诗先叙史，再抒怀；举重若轻，化繁为简，化俗为雅；对历史的深刻反思，借简洁流畅的语句表达出来，确为难能可贵。

原 文

9. 血流芒砀

血流芒砀白蛇①亡，

赤帜②纵横游四方。

秦鹿③逐翻兴社稷，

楚骓④推倒立封疆。

天子懦弱奸邪起，

气色凋零盗贼狂。

看到两京遭难处，

铁人无泪也凄惶⑤！

【注释】

① 芒砀（dàng）白蛇：秦末刘邦逃难途经芒砀山，路遇大白蛇拦路，刘邦挥剑斩杀之。② 赤帜：刘邦起兵反秦，所率军队打红色旗帜。③ 秦鹿：指秦国的帝位。鹿，喻帝位。④ 楚骓（zhuī）：项羽所乘坐骑，代指项羽。⑤ 凄惶：悲伤的样子。

【赏析】

这首诗出自《三国演义》第十四回《曹孟德移驾幸许都 吕奉先乘夜袭徐郡》。

诗歌开篇就勾画出大汉开国皇帝刘邦的英武盖世。他斩蛇起义，与群雄逐鹿中原，在不断的征战中实力逐渐强大起来。其部队高举着红色旗帜，驰骋疆场，转战南北。后来他奉怀王之命西入咸阳，推翻了天怒人怨的秦王朝。之后，他又击败实力强大的西楚霸王项羽，一统天下，建立了汉王朝。

汉朝创业四百载后，终于日薄西山，气息奄奄。"亲小人，远贤臣"的桓帝、灵帝在位时，外戚当权，宦官窃命，朝局动荡，真可谓"群盗四方如蚁聚，奸雄百辈皆鹰扬"。何进无谋，引狼入室；董卓暴虐，焚烧帝京，逼帝迁都；王允用计除去董卓后，李傕、郭汜又起兵谋反，一方劫持天子，一方劫持公卿，互相争杀，所过一空。献帝日夜心惊胆战，以泪洗面。他历经劫难返回洛阳后，只见："宫室烧尽，街市荒芜，满目皆是蒿草，宫院中只有颓墙坏壁……百官朝贺，皆立于荆棘之中。"

雄才大略的刘邦开创基业时，定是"一将功成万骨枯"；汉朝将亡时，百姓也一定是流离失所，命贱如蚁。难怪张养浩长叹："兴，百姓苦；亡，百姓苦！"

原　文

10. 温侯神射

温侯^①神射世间稀，

曾向辕门独解危。

落日果然欺后羿，

号猿^②直欲胜由基。

虎筋弦响弓开处，

雕羽翅飞箭到时。

豹子尾摇穿画戟，

雄兵十万脱征衣。

【注释】

①　温侯：指吕布。②　号猿：《淮南子·说山训》载，楚王养了只白猿，他准备亲自射猿来取乐，但还没等动手，这白猿已夺过箭和他嬉戏起来了；楚王叫养由基射猿，箭未射出，猿便哀号拥柱。后就用"号猿"形容射箭技艺高妙。

【赏析】

这首诗出自《三国演义》第十六回《吕奉先射戟辕门　曹孟德败师淯水》。

袁术派大将纪灵率数万大军攻打刘备。大兵压境，刘备兵微粮寡，只得向吕布求救。吕布思虑再三，把纪灵和刘备集合到身边，说："辕门离中军一百五十步。吾若一箭射中戟小枝，你两家罢兵；如射不中，你各自回营，安排厮杀。有不从吾言者，并力拒之。"

纪灵心想："戟在一百五十步之外，安能便中？"便满口答应。谁料弓弦响处，吕布一箭正中画戟小枝。纪灵无奈，只好退兵。

"温侯神射世间稀"，诗歌开头对吕布的射术做了极高的评价。"曾向辕门独解危"，一个"独"字，写出吕布力挽狂澜的气魄和威慑天下的雄姿。

作者压抑不住对英雄的景仰，热情洋溢地连声赞叹："落日果然欺后羿，号猿直欲胜由基。"把吕布和两位神射手相提并论。吕布辕门射戟达到了目的："豹子尾摇穿画戟，雄兵十万脱征衣。"他凭借自己的智勇，使得十万将士躲过一场血与火的劫难。

原　文

11. 割发代首

十万貔貅①十万心，

一人号令众难禁。

拔刀割发权为首，

方见曹瞒②诈术深。

【注释】

①　貔貅（pí xiū）：传说中的猛兽，此处代指军队。②　曹瞒：曹操小名阿瞒。

【赏析】

这首诗出自《三国演义》第十七回《袁公路大起七军　曹孟德会合三将》。

曹操率十万大军征伐张绣时，正值麦熟季节。百姓见军队来，纷纷逃避。为安抚百姓，曹操派人四处晓谕："方今麦熟之时，不得已而起兵，大小将校，凡过麦田，但有践踏者，并皆斩首。"百姓欢喜称颂，望尘遮道而拜。士兵严格遵从曹操号令，经过麦田时，"皆下马以手扶麦，递相传送而过，并不敢践踏"。

出人意料的事发生了。田中忽然飞起一只斑鸠，曹操的坐骑受到惊吓，践踏了一大块麦田。曹操认为"吾自制法，吾自犯之，何以服众？"为给下属一个交代，欲拔剑自刎。郭嘉引经据典说服曹操："古者《春秋》之义，法不加于尊。丞相总统大军，岂可自戕？"操沉吟良久，最后割发代首，并传示三军："丞相践麦，本当斩首号令，今割发以代。"三军悚然，无不严遵军令。

虽说"十万貔貅十万心，一人号令众难禁"，但主帅无意间触犯军纪，都要割发代首，谁还敢以身试法？通过曹操的言行，我们既看到了他"刚"的一面——严于律己，又看到了他"柔"的一面——懂得变通，善于笼络人心。刚柔相济的性格，让他在群雄争霸的乱世中脱颖而出，成为一代枭雄。

【注释】

① 下邳（pī）：地名。

【赏析】

这首诗出自《三国演义》第十九回，原回目是《下邳城曹操鏖兵　白门楼吕布殒命》。

汉末英雄辈出，吕布是其中的顶尖人物。当他跨着赤兔马，手握方天戟，旋风一般掠过疆场时，足令敌人闻风丧胆。但他寡谋少断，刚愎自用，被曹操围困在下邳，还盲目自信："吾有画戟、赤兔马，谁敢近我？"当突围无望时，他不思良策，反而借酒消愁。曹操水淹下邳，众军飞报，他居然说："吾有赤兔马，渡水如平地，又何惧哉！"吕布视部下性命如同草芥，最终众叛亲离，赤兔马被盗走，画戟被掷下城去，而他本人也被捆作一团，成为曹操阶下囚。命悬一线之际，他又是乞怜，又是表忠心，最终也没有打动曹操。因为曹操早就对陈登说过："吾待温侯，如养鹰耳：狐兔未息，不敢先饱，饥则为用，饱则飏去。"对这种唯利是图、反复无常的人，曹操知道如何处置。

水淹下邳前，如果吕布采纳陈宫的计策，完全可以反败为胜。可惜他"恋妻不纳陈宫谏"，以至于坐失良机。被杀之前，他绝望地谴责刘备："是儿最无信者！""大耳儿！不记辕门射戟时耶？"一代名将，没有战死沙场，马革裹尸，却以被缢杀的方式凄惨收场，令人唏嘘不已。

12. 洪水滔滔

洪水滔滔淹下邳①，

当年吕布受擒时：

空余赤兔马千里，

漫有方天戟一枝。

缚虎望宽今太懦，

养鹰休饱昔无疑。

恋妻不纳陈宫谏，

枉骂无恩大耳儿。

原 文

13. 赞陈宫

生死无二志，
丈夫何壮哉！
不从金石论①，
空负栋梁材。
辅主真堪敬，
辞亲实可哀。
白门②身死日，
谁肯似公台③！

【注释】

① 金石论：指见识卓越的金玉良言。
② 白门：指白门楼，吕布在此处被曹操擒获。③ 公台：陈宫的字。

【赏析】

这首诗出自《三国演义》第十九回《下邳城曹操鏖兵　白门楼吕布殒命》。

陈宫曾追随曹操，因亲见曹操残忍多疑，毅然弃他远走。几经波折，陈宫投靠吕布。他想凭借吕布傲视群雄的武略和自己出类拔萃的文韬，强强联合，做一番惊天动地的事业，解万民于倒悬。但他错了，刚愎自用而又目光短浅的吕布，根本不采纳他的计策，甚至对他处处猜疑。作为谋士，还有什么比这更可悲的呢？

吕布最终兵败下邳。面对死亡，陈宫与吕布截然不同的表现令人感叹。陈宫认为生逢乱世，无力回天，那就应该坚守自己的道德底线，从容就死。曹操与陈宫是旧交，又知他足智多谋，是个难得的人才，因此希望他归降。但他不为所动，"径步下楼，左右牵之不住"，"伸颈就刑，众皆下泪"。而他忠心辅佐的吕布，却为保全性命，再三乞怜，最终难逃一死，令人不齿。陈宫全力追随这样的人，也算得上明珠暗投了。但他的忠义，他的坚守，他的谋略，他的坚强与自尊，千百年来为人所称道，正如诗歌前两句所赞："生死无二志，丈夫何壮哉！"

【注释】

　　① 虎穴：指曹操处。② 信：确实。

【赏析】

　　这首诗出自《三国演义》第二十一回《曹操煮酒论英雄　关公赚城斩车胄》。

　　曹操除掉吕布后，带刘备回许昌，并将他安置在相府附近。因为曹操觉察到刘备非池中物，想把他控制在身边，让他没有腾飞上天的机会。当时的情况是"满朝之中，非操宗族，则其门下"。面对权倾朝野的曹操，刘备只能收敛锋芒，静待天时。因此，虽然许田打围时曹操对天子无礼，刘备还是制止了想要杀曹操的关羽；在曹操的严密监视下，他"就下处后园种菜，亲自浇灌，以为韬晦之计"。"勉从虎穴暂趋身"，身处险境，势单力薄，只有韬光养晦，才能保住自家性命。但是看人入木三分的曹操，开始敲山震虎。他摆几盘青梅，煮一樽清酒，邀刘备开怀畅饮，纵论天下英雄。

　　曹操步步紧逼，刘备步步设防，从袁术说到袁绍，从刘表说到刘璋，但都被曹操笑着否定。眼看刘备没有退路，曹操一语道破："今天下英雄，唯使君与操耳！"这可真是"说破英雄惊杀人"。眼看精心编织的面纱被扯掉，一切都会被曹操的火眼金睛识破，刘备心中惊慌，手中的筷子不觉落到地上。在这紧要关头，恰好雷声大作，刘备从容地捡起筷子，"巧借闻雷"将心虚和紧张轻轻掩饰过去。这种随机应变的能力，确非常人能够拥有，刘备不愧为乱世中的英雄豪杰！

原　文

14. 虎穴栖身

　　勉从虎穴①暂趋身，
　　说破英雄惊杀人。
　　巧借闻雷来掩饰，
　　随机应变信②如神。

原 文

15. 汉末刀兵起四方

汉末刀兵起四方，
无端①袁术太猖狂。
不思累世为公相，
便欲孤身作帝王。
强暴枉夸传国玺，
骄奢妄说应天祥。
渴思蜜水无由得，
独卧空床呕血亡。

【注释】

① 无端：此处指品行不端正。

【赏析】

这首诗出自《三国演义》第二十一回《曹操煮酒论英雄 关公赚城斩车胄》。

袁氏一门四世三公，世食汉禄，本应殚精竭虑辅佐汉帝，剿灭奸凶。但袁术不思报国，反而妄想一步登天做皇帝。即使改朝换代，开国之君也应具备相称的道德品质和出类拔萃的才能，人格卑劣、资质平庸的袁术显然不自量力。孙坚与华雄决战时，他心存嫉妒，不发粮草，导致坚军大败；孙策为他舍生忘死，屡立战功，他却待之甚薄。取得传国玉玺后，他不顾群下的反对，先自夸身世："吾家四世三公，百姓所归；吾欲应天顺人，正位九五。"他又迷信谶语："谶云'代汉者，当涂高也'，吾字公路，正应其谶。又有传国玉玺。若不为君，背天道也。"他还刚愎自用："吾意已决，多言者斩！"僭称帝号，狂妄至极。而雄才大略的曹操，挟天子以令诸侯，手下劝他称帝，他却说"苟天命在孤，孤为周文王矣"，那是何等高明。

袁术自封皇帝后，立即引发众怒，使得自己四面受敌，被联军打得元气大伤，由开始的地广人多、兵强马壮，到后来只剩下不足一千人的老弱病残。到了如此境地，过惯奢侈生活的他还嫌弃饭食难以下咽，想喝蜜水，得到的答复却是"止有血水，安有蜜水！"最终袁术落得"独卧空床呕血亡"的悲惨下场，成为历史的丑角。

原　文

16. 咏史诗

〔唐〕胡　曾

黄祖才非长者俦①，
祢衡珠碎此江头。
今来鹦鹉洲边过，
惟有无情碧水流。

【注释】

① 俦（chóu）：相比。

【赏析】

这首诗出自《三国演义》第二十三回《祢正平裸衣骂贼　吉太医下毒遭刑》。

孔融对祢衡的才华和品德给予了极高的评价："目所一见，辄诵之口；耳所暂闻，不忘于心；性与道合，思若有神……忠果正直，志怀霜雪；见善若惊，嫉恶若仇。"如此德才兼备的祢衡，何以"珠碎"鹦鹉洲头？

当初曹操待祢衡礼数不周，祢衡就击鼓痛骂曹操欺君罔上，当面指斥他"常怀篡逆，是心浊也"。这自然极大地激怒了曹操。但曹操担心"此人素有虚名，远近所闻。今日杀之，天下必谓我不能容物"，就想借刀杀人，把祢衡推给刘表。但刘表也非等闲之辈，他看透了曹操的心思："祢衡数辱曹操，操不杀者，恐失人望；故令作使于我，欲借我手杀之，使我受害贤之名也。吾今遣去见黄祖，使曹操知我有识。"面对杀人如麻的一介武夫黄祖，祢衡依然毫不畏惧，并当面嘲讽，最终"珠碎此江头"。

表面上看来，祢衡是死于黄祖之手，但追根究底，还是死于曹操之手。所以当曹操听说祢衡被杀后，称心如意地笑了。多少年后，诗人来到鹦鹉洲边，看着无情东流的碧水，想那才华横溢却又恃才放旷的祢衡，最终死于权谋之手，不觉深深愧惜。

原 文

17. 赞吉平

汉朝无起色，
医国有称平①：
立誓除奸党，
捐躯报圣明。
极刑词愈烈，
惨死气如生。
十指淋漓处，
千秋仰异名。

【注释】

① 称平：吉太，字称平，是朝中太医。

【赏析】

这首诗出自《三国演义》第二十三回《祢正平裸衣骂贼　吉太医下毒遭刑》。

翻开历史画卷，满眼都是英雄豪杰在纵横驰骋，指点江山；太多的小人物被尘封土埋。可总有一些卑微的生命从历史的废墟里站起来，抖落满身尘土，散发出自己的光芒，如暗夜星辰，熠熠闪亮。吉平就是其中的一位。

献帝即位后，奸雄并起，屡遭战乱。"后得曹操……专国弄权，擅作威福。"为除掉心腹大患，献帝宣国舅董承密传衣带诏。董承先后与七人谋划共诛国贼，其中就有太医吉平。吉平本想在药中下毒除掉曹操，谁料事情败露。他惨遭严刑拷打，面不改色，骂不绝口，决不背叛，最后撞阶而死。

和立志灭曹的国舅董承、西凉刺史马腾、皇叔刘备等人相比，吉平只是个无权无势、地位卑微的小人物。面对权倾朝野、掌握生杀大权的曹操，大多身居高位的大人物都选择明哲保身，而他却选择了舍生取义。斯人虽已去，"千秋仰异名"。

一个民族要想生生不息，就得有正义精神作为根基，有担起社会苦难的脊梁。极度动荡的东汉末年，并没有把中华民族推向覆灭的深渊，就是因为有像吉平这样"位卑未敢忘忧国"，敢于为正义和理想而献身的平凡而伟大的生命。

原　文

18. 叹董承

密诏传衣带，
天言①出禁门。
当年曾救驾，
此日更承恩。
忧国成心疾，
除奸入梦魂。
忠贞千古在，
成败复谁论。

【注释】

① 天言：这里指汉献帝的血书。

【赏析】

这首诗出自《三国演义》第二十四回《国贼行凶杀贵妃　皇叔败走投袁绍》。

许田打围受辱后，汉献帝决计除掉曹操。他将除曹密诏缝于衣带中，赐给董承。因为董承是可靠的，在李傕、郭汜之乱时，他曾舍身救驾；何况他还是献帝贵妃的哥哥。董承冒着生命危险，终将皇帝密诏带出宫门，并与刘备、马腾等七人结成反曹联盟。

时隔不久，被曹操"青梅煮酒论英雄"吓得惊魂不定的刘备，借截杀袁术为由逃出虎口。握有兵权的马腾也因边报紧急，返回西凉。两个最强有力的后盾离开了，剩下的几人文治武功稀松平常，手中又无实权。为了不负皇帝的重托，他们知其不可为而为之，但也只是"日夜商议，无计可施"。即使在梦中，董承也念念不忘要诛杀曹操。后因虑事不周，泄露了机密，五人家族受到株连，前后七百余人被杀，令人叹惋。

"忠贞千古在，成败复谁论"，历史是公正的，不会仅以成败论英雄。当年十八路诸侯讨伐董卓都败北，而董承等人势单力薄，何况他们面对的是比董卓还要高明百倍的曹操。面对不可撼动的强敌，董承等人宁为玉碎，不为瓦全，忠义之气，日月可鉴。正如后人所论："云长先生之外，董承等六人亦可取也。即以配享关庙，亦见汉家忠义不乏人也。"

原　文

19. 威倾三国著英豪

威倾三国著英豪，
一宅分居义气高。
奸相枉将虚礼①待，
岂知关羽不降曹。

【注释】

①　虚礼：此处指表面应酬的礼节。

【赏析】

这首诗出自《三国演义》第二十五回《屯土山关公约三事　救白马曹操解重围》。

衣带诏事件泄密后，刘备成为曹操攻打的重要目标。在曹操的强大攻势下，刘备的部队被打得七零八落，关羽被围在土山头。曹操仰慕关羽，欲收归己用，就派张辽前去劝降。最终关羽与曹操约法三章，其中最强调的一点是："但知刘皇叔去向，不管千里万里，便当辞去。"身处险境，不计个人安危，仍心系长兄，云长真乃义人也！

为把关羽争取到自己麾下，曹操步步出招。先是欲乱其君臣之礼，使关公与二嫂共处一室。"关公乃秉烛立于户外，自夜达旦，毫无倦色。"到许昌后，曹操拨一府与关羽居住，关羽分一宅为两院，内门拨老军十人把守，自居外宅。对兄长的忠义，也体现在对兄嫂的尊敬上，云长真乃义人也！

这更激发了曹操俘获英雄之心的渴望。"施厚恩以结其心，何忧云长之不服也？"于是曹操"小宴三日，大宴五日"，赐锦袍，赠护须纱囊，赠赤兔马，对关羽礼遇至厚。但令曹操大失所望的是，云长穿上他赠送的锦袍，却又在外面罩上刘备赐予的旧袍；他赠送的赤兔马，让云长大喜过望，原因只是"若知兄长下落，可一日而见面矣"。心系结义情，富贵不能淫，云长真乃义人也！

"义"字当先，最终使云长不仅"威倾三国著英豪"，更成为千秋万代敬仰的"义"的化身。

原　文

20. 赞关羽

挂印封金辞汉相，

寻兄遥望远途还。

马骑赤兔行千里，

刀偃青龙出五关。

忠义慨然冲宇宙，

英雄从此震江山。

独行斩将应无敌，

今古留题翰墨①间。

【注释】

①翰墨：原指笔和墨，此指文辞。

【赏析】

这首诗出自《三国演义》第二十七回《美髯公千里走单骑　汉寿侯五关斩六将》。

关羽虽身在曹营，却时时刻刻牵挂着兄长刘备。曹操待关羽甚厚，关羽却不为所动，因为他有坚定的信念："安肯图富贵而背旧盟乎？"曹操虽然失望，但也不禁感叹："事主不忘其本，乃天下之义士也！"关羽得知刘备的下落后，便义无反顾地前去相会。曹操舍不得他离去，多次闭门不见，关羽写信表示"新恩虽厚，旧义难忘"，"将累次所受金银，一一封置库中，悬汉寿亭侯印于堂"。曹操大为感慨："云长封金挂印，财贿不以动其心，爵禄不以移其志，此等人吾深敬之。"

关羽挣脱了曹操精心编织的情感软网，又面临层层关卡的硬性阻拦。虽说曹操言而有信，但下属既怕担责，又为丞相一片苦心鸣不平，因此竭力拦截。关羽没有曹操的官文，只好与把关将领刀兵相见。把关众将或公开对阵，或挖设陷阱，但云长寻兄心切，数次身临险境，却毫无退却之意，过五关斩六将，终于带着一身战尘，满怀忠义之气，和兄长刘备会合。

忠勇双全的关羽，赢得了后人的赞誉："独行斩将应无敌，今古留题翰墨间。"

原 文

21. 赞许家三客

孙郎智勇冠江湄，

射猎山中受困危。

许客三人能死义，

杀身豫让^①未为奇。

【注释】

① 豫让：春秋战国间晋国人。他为替主报仇，用漆涂身，吞炭变哑，但最终刺杀未遂而被捕。临死时，他求得主人仇敌赵襄子的衣服，拔剑击斩其衣，以示为主复仇，然后伏剑自杀。

【赏析】

这首诗出自《三国演义》第二十九回《小霸王怒斩于吉　碧眼儿坐领江东》。

孙策智勇兼备，败刘繇，灭薛礼，战王朗，所向披靡，扫平江东。他治理江东，井井有条，颇得民心："鸡犬不惊，人民皆悦……无不仰颂。"就连枭雄曹操也由衷地佩服："狮儿难与争锋。"诗中所言"孙郎智勇冠江湄"实至名归。这样的"雄狮"是不可正视的，挑战这样的英雄，无异于自取灭亡。但还是有人挺身而出，那就是许贡家客。

吴郡太守许贡因暗结曹操欲害孙策，被孙策绞杀。慑于孙策虎威，"贡家属皆逃散"。依照常理，门客只是依附许贡，并非其家属、亲戚，他们更该急于保全自己，即使逃跑也无可厚非。但"有家客三人，欲为许贡报仇，恨无其便"。终于，孙策打猎时，三人逮住机会，举起复仇的武器。孙策"射猎山中受困危"，受了重伤，三人也被赶来的军士杀死。

"时穷节乃见，一一垂丹青"，三人选择替主人复仇时，明知"壮士一去兮不复还"，还是以弱对强，从容赴死。他们就像当年为主报仇的豫让，义薄云天，忠达日月，站在历史的画廊里，让后来人仰望和感叹。

原　文

22. 赞孙策

独战东南地，
人称"小霸王"。
运筹如虎踞①，
决策似鹰扬②。
威镇三江靖③，
名闻四海香。
临终遗大事，
专意属周郎。

【注释】

①　虎踞：比喻人物威武。②　鹰扬：比喻大展雄才。③　靖：平安。

【赏析】

这首诗出自《三国演义》第二十九回《小霸王怒斩于吉　碧眼儿坐领江东》。

孙策脱离袁术后，白手起家，"独战东南地"，扫平江东。他勇猛无敌，人称"小霸王"。

孙策绝非郭嘉所评"轻而无备，性急少谋，乃匹夫之勇耳"。他眼光高远，智谋过人。如发檄文讨伐袁术称帝，始终在政治上占据主动地位。他礼贤下士，善于用人，与名将周瑜交情至厚；亲自去拜访"二张"，把这两位经天纬地之才收归麾下。他运筹帷幄如猛虎下山，气度非凡；决策千里如雄鹰展翅，迅猛犀利。他善于治军，深得民心。小说中曾言："策军到，并不许一人掳掠，鸡犬不惊，人民皆悦，赍牛酒到寨劳军。策以金帛答之，欢声遍野。"从此，孙策威震江东，英名远播。

然而天妒英才。孙策未及大展宏图，就被仇家行刺，去世时年仅二十六岁。"临终遗大事，专意属周郎"，是说他临终前叮嘱孙权"内事不决，可问张昭；外事不决，可问周瑜"。周瑜没有辜负孙策的"相知之雅"，曹操率百万大军饮马长江，在一片投降派的声调中，周瑜力挺孙权，与曹操决战于赤壁，最终稳固了江东政权。

原　文

23. 叹袁绍

本初豪气盖中华，
官渡相持枉叹嗟①。
若使许攸谋见用，
山河争得②属曹家？

【注释】

① 叹嗟：叹息。② 争得：怎得。

【赏析】

这首诗出自《三国演义》第三十回《战官渡本初败绩　劫乌巢孟德烧粮》。

袁绍出身名门望族，青壮年时期颇有豪侠之气。董卓欲废帝时，"群臣惶怖莫敢对"，独绍敢提剑对阵："汝剑利，吾剑未尝不利！"后起兵反卓，因"以强则无与比大，论德则无与比高"，被推举为反卓盟主。此后他起兵渤海，连百万之众，威震河朔，虎视海内，豪气冲天，誉满中华，声望如日中天。

然而曹操手下的谋士荀彧却瞧不上袁绍："绍，布衣之雄耳，能聚人而不能用。"范晔评价更一针见血："绍外宽雅有局度……而性矜愎自高，短于从善。"

袁绍手下并不乏见识卓越的谋士。如官渡对垒时，谋士沮授曾建议缓守，待敌自败。袁绍不但不听，反而认为这是急慢军心，监禁了沮授。谋士审配提醒他加强乌巢防备力量，他也不予理睬。许攸截获曹操催粮的书信，建议袁绍："星夜掩袭许昌，则许昌可拔，而操可擒也。"他也断然拒绝。许攸投奔曹操后谈到此事，曹操吓出一身冷汗："若袁绍用子言，吾事败矣。"

"若使许攸谋见用，山河争得属曹家？"然而时光不能倒流，历史不可重改，袁绍没有采纳许攸的建议，最终惨败。官渡之战后，袁绍逃回河北，从此一蹶不振。而曹操统一北方，挟天子以令诸侯，成为叱咤风云的人物。

24.赞沮授

河北多名士，
忠贞推沮君：
凝眸①知阵法，
仰面识天文；
至死心如铁，
临危气似云。
曹公钦义烈，
特与建孤坟。

【注释】

① 凝眸：定睛去看。

【赏析】

这首诗出自《三国演义》第三十回《战官渡本初败绩　劫乌巢孟德烧粮》。

史载沮授"少有大志，擅于谋略"。早在官渡之战前，沮授就已洞察双方的作战实力和后勤保障情况，并向袁绍提出战略构想："我军虽众，而勇猛不及彼军；彼军虽精，而粮草不如我军。彼军无粮，利在急战；我军有粮，宜且缓守。若能旷以日月，则彼军不战自败矣。"可惜刚愎自用的袁绍并未纳这条最有利于自己的计策，反而认为沮授"怠慢军心"，将其锁禁。

渡黄河之前，沮授又建议袁绍留兵马驻守各渡口，以便留有归路。但袁绍认为自己绝不可能失败，再次否决他的建议。

曹操带兵直奔乌巢，形势万分危急。沮授不顾罪人身份，连夜求见袁绍，希望加强乌巢防备，却被袁绍怒斥为妄言惑众。

在官渡之战的每一个节点上，袁绍如果能采纳沮授的任何一条建议，也许就不会一败涂地，但是，历史没有如果。

算无遗策却被冷漠拒绝的结果不是怨恨，而是至死不渝的忠诚。袁绍惨败逃亡，沮授被俘。曹操敬重其才，苦苦相劝："本初无谋，不用君言，君何尚执迷耶？吾若早得足下，天下不足虑也。"但沮授不为所动，欲盗马归袁，操怒杀之，授至死神色不变。曹操感佩其为人，建坟厚葬，以表彰他的忠烈。

原　文

25. 赞郭嘉

天生郭奉孝，
豪杰冠群英：
腹内藏经史，
胸中隐甲兵；
运谋如范蠡①，
决策似陈平②。
可惜身先丧，
中原梁栋倾。

【注释】

① 范蠡（lǐ）：春秋末著名的政治家、军事家。曾献策扶助越王勾践复国，后隐去。② 陈平：西汉开国功臣，能谋善断。

【赏析】

这首诗出自《三国演义》第三十三回《曹丕乘乱纳甄氏　郭嘉遗计定辽东》。

郭嘉，史书上称他"才策谋略，世之奇士"。他有超绝的战略眼光和非凡的识人能力，善于总观大局，对选择作战目标、把握作战时机见解独到。他为曹操出谋划策，谋功甚伟。当年曹操担心无法与袁绍抗衡，郭嘉提出了"十胜十败"之说，帮助曹操树立信心，鼓舞将士斗志。官渡之战相持不下，曹操担心刘备背后下手。郭嘉劝曹操勿忧："绍性迟而多疑，来必不速。备新起，众心未附，急击之必败。"不出郭嘉所料，袁绍果然还未做出反应，刘备就被击败。他对众人皆惧的孙策也不以为然，认为孙策"必死于小人之手"。后来孙策果被许家三客所杀。特别是他遗计定辽东，不劳一兵一卒，让曹操坐收渔翁之利，更是给他的谋士生涯涂上了光彩夺目的一笔。

北征途中，郭嘉患病去世。随着旷世奇才的陨落，曹操也开始走下坡路，在以后的战役中，除取得小胜战绩外，基本无可圈可点之处。特别是赤壁之战，百万大军灰飞烟灭，形成曹操最不愿意看到的三分天下的格局。难怪曹操想起郭嘉，捶胸大哭："哀哉，奉孝！痛哉，奉孝！惜哉！奉孝！"

原　文

26. 卢　马

〔宋〕苏　轼

老去花残春日暮，

宦游^①偶至檀溪路；

停骖^②遥望独徘徊，

眼前零落飘红絮。

暗想咸阳火德^③衰，

龙争虎斗交相持；

襄阳会上王孙饮，

坐中玄德身将危。

逃生独出西门道，

背后追兵复将到。

一川烟水涨檀溪，

急叱征骑往前跳。

马蹄踏碎青玻璃，

天风响处金鞭挥。

耳畔但闻千骑走，

波中忽见双龙飞。

西川独霸真英主，

坐下龙驹两相遇。

檀溪溪水自东流，

龙驹英主今何处！

【注释】

　　① 宦游：为求官而出游。② 骖（cān）：此处指马车。③ 火德：根据古代五行说，汉朝属于火德，此处代指汉代帝王的基业。

【赏析】

　　这首诗出自《三国演义》第三十四回《蔡夫人隔屏听密语　刘皇叔跃马过檀溪》。

　　暮春时节，诗人偶然来到了檀溪边的路上，想起三国时期那段惊心动魄的历史，不由"停骖遥望独徘徊"。诗人凝望夕阳下浮光跃金、无语东流的檀溪，看着暮风中缓缓飘落的红絮，不禁思接千古。

　　东坡式的娓娓道来，让读者如身临其境，站在檀溪路边，凝眸那段远隔云端的历史。东汉末年，天下大乱，群雄并起。刘备寄居荆州刘表处，引起蔡瑁及其姊蔡夫人的猜忌。当刘表向刘备征求立嗣意见时，刘备建议"自古废长立幼，取乱之道。若忧蔡氏权重，可徐徐削之，不可溺爱而立少子也"。两人的对话被躲藏在屏风后的蔡夫人窃听，"心甚恨之"。于是蔡夫人与其弟蔡瑁商议，在襄阳城摆桌鸿门宴，请玄德赴席，欲待酒酣之际，寻机下手。

　　诗人腕挟风雷，落笔铿锵，如战鼓声骤起，以表现形势之危急。"襄阳会上王孙饮，坐中玄德身将危"。蔡瑁计划周密，襄阳东、南、北门均派亲信把守，只留西门，因为有檀溪阻断道路，"虽有数万之众，不易过也"。荆州幕宾尹籍素仰玄德仁义，以请其更衣为名，将蔡夫人姐弟二人的阴谋告知玄德。玄德大惊，跨上的卢马逃出西门。蔡瑁是不会让

原　文

临流三叹心欲酸，
斜阳寂寂照空山；
三分鼎足浑如梦，
踪迹空留在世间。

刘备轻易逃脱的，立即派人追杀。情况万分危急，既然后退无路，哪怕"一川烟水涨檀溪"，也只能"急叱征骑往前跳"。

的卢马"眼下有泪槽，额边生白点，名为的卢，骑则妨主"。原马主张武为此马而亡。危急关头，的卢马"前蹄忽陷"，刘备"浸湿衣袍"。他加鞭大呼："的卢，的卢！今日妨吾！"言未毕，的卢马从水中一跃三丈，飞上西岸。"马蹄踏碎青玻璃，天风响处金鞭挥。耳畔但闻千骑走，波中忽见双龙飞。"苏东坡不禁赞叹："西川独霸真英主，坐下龙驹两相遇。"

刘备终于化险为夷，读者悬着的心也落回原处。疾风骤雨过后，诗歌缓缓响起的是略带忧伤的抒情，如硝烟未尽的战场上空，飘起了悠远的笛声。千百年过去了，檀溪依旧缓缓东流，可"龙驹英主今何处"？诗人站在空山斜阳里，凝望呼啸而去的三国战尘，不禁感叹"三分鼎足浑如梦，踪迹空留在世间"。那跃马檀溪的英主雄姿早已不见，只有诗人面对着无语东流的檀溪，心内涌起难以名状的酸楚。这是对龙驹英主的仰慕，是慨叹自己生不逢时，还是屡遭贬谪后郁郁不得志的惆怅，抑或是感叹世事变化无常？谁又能说得清呢！

原　文

27. 隐居曲

苍天如圆盖，
陆地似棋局；
世人黑白分，
往来争荣辱；
荣者自安安[①]，
辱者定碌碌[②]。
南阳有隐居，
高眠卧不足！

【注释】

① 安安：自享其荣。② 碌碌：自然无为。

【赏析】

这首诗出自《三国演义》第三十七回《司马徽再荐名士　刘玄德三顾草庐》。

刘备初顾草庐，听到山畔农夫歌唱此曲，询问后方知歌词是诸葛亮所作。我们从诗歌中可以看出诸葛亮的人生态度。

这首诗的大意是：天如圆盖，无穷无尽；地如棋盘，方方正正。世人追名逐利，争先恐后。有人功成名就，有人身败名裂。在一片喧嚣中，诸葛亮超然物外，隐居山林，躬耕陇亩，安静自守。

中国封建知识分子恪守的信条是："穷则独善其身，达则兼济天下。"若身在乱世，不遇明主，他们就会退守山林，读经史之论，养浩然之气，修青云之志，完善自我修为。如诸葛亮自述其志："苟全性命于乱世，不求闻达于诸侯。"但这种人生态度不是消极出世，而是不肯轻易择主，唯恐明珠暗投罢了。若遇明主、得天时，他们会走出自我的小天地，奋发有为，大展宏图，逢乱世则救民于水火，处盛世则施惠于众生。如被刘备"三顾茅庐"请出山的诸葛亮，一旦出场，便鞠躬尽瘁，死而后已，最后星落五丈原亦无怨无悔。

原 文

28. 卧龙居处

襄阳城西二十里，

一带高冈枕流水：

高冈屈曲压云根^①，

流水潺湲^②飞石髓；

势若困龙石上蟠^③，

形如单凤松阴里；

柴门半掩闭茅庐，

中有高人^④卧不起。

修竹交加列翠屏，

四时篱落野花馨；

床头堆积皆黄卷^⑤，

座上往来无白丁^⑥；

叩户苍猿时献果，

守门老鹤夜听经；

囊里名琴藏古锦，

壁间宝剑挂七星。

庐中先生独幽雅，

闲来亲自勤耕稼；

专待春雷惊梦回，

一声长啸安天下。

【注释】

① 云根：云脚。② 潺湲（chán yuán）：水缓缓流动的样子。③ 蟠：屈曲，环绕，盘伏。④ 高人：指诸葛亮。⑤ 黄卷：指书籍。⑥ 白丁：原指平民百姓，也指没学问的人。

【赏析】

这首诗出自《三国演义》第三十七回《司马徽再荐名士　刘玄德三顾草庐》。

这首古风的作者像一位高明的摄影师，慢慢摇着镜头，由远及近拍摄孔明所居住的隆中，推出一幅幅画面，最后给主角来个特写，让读者犹如静看古朴而清雅的画卷。

诗的前六句是远镜头描写。隆中地处襄阳城西二十里，山势盘旋起伏，高与云接，形似卧龙；又如栖息在松阴里的凤凰，遗世独立。这里清泉流石，松翠竹青。

镜头慢慢拉近，草庐四周修竹滴绿，篱落边野花散香，柴门半掩，清静幽雅。诸葛亮隐居在此，白天与高士切磋，夜晚博览经史。环境清幽的草庐，烘托出主人淡泊宁静的情怀。

主人隐居隆中，亲事农桑，并非追求逍遥。他在等机遇，等明主，等"春雷惊梦"。刘备三顾茅庐后，诸葛亮走出山环水绕的隆中，走上风起云涌的历史舞台。他大展经天纬地之才，东联孙权，北拒曹操，占荆襄，取西川，为四处漂泊的刘备开辟了存身立业之地，奠定了三分天下的政治格局，真可谓"一声长啸安天下"。

原文

29. 壮士功名尚未成

壮士功名尚未成，
呜呼久不遇阳春①！
君不见：
东海老叟②辞荆榛，
后车遂与文王亲；
八百诸侯不期会，
白鱼入舟③涉孟津；
牧野一战血流杵④，
鹰扬伟烈冠武臣。
又不见：
高阳酒徒⑤起草中，
长揖芒砀"隆准公"；
高谈王霸惊人耳，
辍洗⑥延坐钦英风；
东下齐城七十二，
天下无人能继踪。
二人功迹尚如此，
至今谁肯论英雄？

【注释】

① 阳春：春天。引申为人才得以施展抱负的机遇。② 东海老叟：指姜子牙。他得遇文王时已经八十多岁了，故称"东海老叟"。③ 白鱼入舟：武王渡黄河时，到了中流，有白鱼跳入船里，武王俯身取鱼来祭祀。④ 血流杵：即流血漂杵，形容战事惨烈。⑤ 高阳酒徒：指郦食（yì）其（jī）。他谒见刘邦时自称"高阳酒徒"，后被刘邦重用，成为楚汉战争中的风云人物。下句的"隆准公"即刘邦的别称。⑥ 辍洗：停止洗脚。

【赏析】

这首诗出自《三国演义》第三十七回《司马徽再荐名士　刘玄德三顾草庐》。

刘备二访隆中，将近茅庐，忽听路旁酒店中有人唱歌。玄德立马听之。

"壮士功名尚未成，呜呼久不遇阳春！"诗歌开门见山，怅叹怀才不遇。

为说明人才和机遇的问题，歌者举了姜子牙和郦食其两个例子。两人皆有雄才大略，可是怀才不遇，到了晚年才得遇明主，成为乱世中的风云人物。

歌者乃是诸葛亮的好友，他通过姜子牙和郦食其的故事，说明想要建功立业，自身才能重要，机遇同样重要，二者只有完美契合，才能迸发出璀璨的光芒。

原 文

30. 吾皇提剑清寰海

吾皇提剑清寰海①，

创业垂基四百载；

桓灵季业火德衰②，

奸臣贼子调鼎鼐③。

青蛇飞下御座傍，

又见妖虹降玉堂；

群盗四方如蚁聚，

奸雄百辈皆鹰扬。

吾侪④长啸空拍手，

闷来村店饮村酒；

独善其身尽日安，

何须千古名不朽！

【注释】

① 寰（huán）海：海内。② 火德衰：指汉室衰微。古代以五行来附会王朝历运，汉朝是火德。③ 调鼎鼐（nài）：指篡位。④ 侪（chái）：同辈。

【赏析】

这首诗出自《三国演义》第三十七回《司马徽再荐名士 刘玄德三顾草庐》。

刘备二访隆中，于路旁酒店处听诸葛亮友人击桌而歌。歌词前八句大意是：高祖刘邦斩蛇起义，横扫中原，奠定汉室四百年基业。传至桓灵二帝时，天下大乱，汉室衰微。青蛇蟠于龙座，妖虹现于朝堂；盗贼多如聚蚁，奸雄如鹰隼聚空。短短八句，概括了汉朝由盛而衰的运势。

歌词后四句抒发感慨。贤士既然生不逢时，不能"兼善天下"，那就"独善其身"。拊掌长叹，苦闷至极，就去村店借酒消愁，长歌一曲，尽吐胸中块垒。那些出将入相、青史留名的人，最后结局又怎样呢？有的因官场险恶，退身无路；有的明珠暗投，遗恨终生；有的征战沙场，最终兔死狗烹；有的陪王伴驾，天天如履薄冰……还不如淡泊功名，退步抽身，归隐山林，以乐天年。

看破红尘并不等于泯灭信念，只是表达一种怀才不遇的怅然与无奈。其实内心里他们何尝不渴望建功立业，在书简上留下属于自己的辉煌一笔？诗歌虽是借诸葛亮好友之口唱出，表达的却是诸葛亮由隐居到出仕的真实心理路程。

原　文

31. 凤翱翔于千仞兮

凤翱翔于千仞兮，

非梧不栖；

士伏处①于一方兮，

非主不依。

乐躬耕于陇亩②兮，

吾爱吾庐；

聊寄傲③于琴书兮，

以待天时。

【注释】

①　伏处：隐居。②　陇亩：田地。③　寄傲：寄托狂放高傲的情怀。

【赏析】

这首诗出自《三国演义》第三十七回《司马徽再荐名士　刘玄德三顾草庐》。

封建社会政治核心是人治，对于想建功立业的人才来说，"择主"就显得尤其重要。选择了明主，就可施展才华，最终功成名就；若所托非人，可能身败名裂。郭嘉认为袁绍无知人善任之才，就转投曹操。曹操对郭嘉万分敬重，言听计从；郭嘉英年早逝，他三哭郭嘉，情深意浓。而谋略出众的田丰选择了袁绍，最终赔上身家性命。田丰被逼自刎前，痛心疾首："大丈夫生于天地间，不识其主而事之，是无智也！"作为人中之龙的诸葛亮，对于"择主"定是万分谨慎。"凤翱翔于千仞兮，非梧不栖；士伏处于一方兮，非主不依"，说的就是这种心理。

诸葛亮虽隐居隆中，但胸怀天下，志在济世。"邦无道而隐，邦有道而仕。"若不遇名主，就躬耕陇亩，寄身草庐，抚琴读书；若得遇明主，就"大展经纶补天手"，救世济民。

小说用很大篇幅去描写刘备求贤若渴，三顾茅庐，文笔酣畅，读来荡气回肠。其中穿插了不少诗歌，更是点睛之笔，深入细致地刻画了诸葛亮的高士形象。

原　文

32. 梁父吟

一夜北风寒，

万里彤云①厚；

长空雪乱飘，

改尽江山旧。

仰面观太虚②，

疑是玉龙③斗：

纷纷鳞甲飞，

顷刻遍宇宙。

骑驴过小桥，

独叹梅花瘦！

【注释】

①　彤云：阴云。②　太虚：天空。③　玉龙：此处指雪。

【赏析】

这首诗出自《三国演义》第三十七回《司马徽再荐名士　刘玄德三顾草庐》。

刘备二访茅庐，怅然而归，途中听到诸葛亮的岳父黄承彦吟诵这首《梁父吟》。原来黄承彦在诸葛亮家中看到过这首诗，因偶见篱落间的雪地梅花，故随口背出。刘备听后大加赞赏："所吟之句，极其高妙。"

东汉末年，豪杰并起，群雄争霸。立志建功立业的人，都耐不住寂寞，争先恐后走出家门，奔向名利大舞台，或依附权贵，或转战沙场。在一片喧嚣吵嚷、争权夺利的浊流中，不被裹挟着前行，并不是件容易的事。那需要一种定力，需要内心世界的宁静，需要精神家园的坚守。即使环境再恶劣，哪怕狂风呼啸，雪花乱飘，江山尽改，也都应像雪地梅花那样，宁静淡泊，安守静谧，不与百花争艳，独立于冰天雪地之间，绽放属于自己的花朵，散发独有的缕缕馨香。

梅花是隐者，也是诸葛亮自喻。在漫漫雪野中独自盛开的梅花，形神毕肖地刻画出诸葛亮隐居隆中的心态、志趣和精神境界。

文章至此，仍在蓄势，从侧面将笔墨泼洒到诸葛亮身上，让读者对即将登场的他有了多层次、全方位的了解。

原 文

33. 风雪访贤良

一天风雪访贤良①，
不遇空回意感伤。
冻合②溪桥山石滑，
寒侵鞍马路途长。
当头片片梨花落，
扑面纷纷柳絮狂。
回首停鞭遥望处，
烂银③堆满卧龙冈。

【注释】

① 贤良：德才兼备的俊杰。② 冻合：冻结。③ 烂银：指满地大雪。

【赏析】

这首诗出自《三国演义》第三十七回《司马徽再荐名士　刘玄德三顾草庐》。

刘备奔波半生，处处碰壁，被豪强攻杀，受枭雄猜忌，饱尝寄人篱下的辛酸，忍够东躲西藏的悲凉。最后他终于深刻认识到，想安天下救万民，必须有贤良辅佐。自此他思贤若渴，一顾茅庐惆怅而归，顶风冒雪再访隆中，谁料又"不遇空回意感伤"。

诗歌处处写景，字字关情。在悲观失望情绪的笼罩下，归途中所见的一切，都让人心灰意冷。溪水结冰，和小桥冻结在一起；雪满山石，路滑难行；寒气浸透马鞍，归路是那么漫长；大雪随风飞舞，洁白如片片吹落的梨花，纷纷如漫天翻卷的柳絮。虽渐行渐远，可总是恋恋不舍，总是满怀希望，再度回首卧龙冈，已被白银似的大雪覆盖。

顶风冒雪访贤，虽然失望而归，但并没有动摇刘备继续求贤的决心。他深信，漫天风雪终会过去，万物复苏的春天即将到来。孔明是卧龙，非凡之人定是应时而起。一天风雪见证了刘备礼贤下士的情怀，春气萌动也将伴随着卧龙的横空出世。对于这样一位重要人物的出场，作者层层蓄势，步步推出，足见其艺术匠心。

原　文

34. 大梦谁先觉

大梦谁先觉①？

平生我自知。

草堂春睡足，

窗外日迟迟②。

【注释】

①觉：清醒。②迟迟：缓慢。

【赏析】

这首诗出自《三国演义》第三十八回《定三分隆中决策　战长江孙氏报仇》。

刘备三顾茅庐，见诸葛亮昼寝未醒，就拱立阶下。孔明睡醒后，口吟此诗。

"大梦谁先觉？平生我自知。"东汉末年社会动荡，群雄并起。有不甘寂寞、追名逐利的政客，也有淡泊宁静、栖身山林的隐士。面对纷繁复杂的政治态势，浑浊翻滚的社会洪流，又有几人能看得清，参得透呢？众人皆醉而孔明独醒。他见识卓绝，对世间万物洞若观火，既不盲目跟风，也不清高自傲。他对自己的才能有充足的自信，怀抱利器，静待天时。

年深日久的文化积淀，自会内化成神韵与情怀。所处境遇不同，外显亦有差异。若时机契合，自当择明主而事之，"乘时变化，犹龙得志而纵横四海"，以求"不负大丈夫之志"；若时乖运塞，就退隐林泉，与轻风为伴，与白云相随，春日迟迟，草堂睡足，活出轻松，活出恬然。

这种进而有余、退则有度的从容，非大智大贤者不能拥有。

"千呼万唤始出来"，经过作者的层层渲染，步步蓄势，读者期待已久的主人公终于出场。他吟诗赋志，飘然若仙，登上历史舞台，大展雄才，成为古代贤相的代表人物。

35. 隆中对策

豫州①当日叹孤穷，
何幸②南阳有卧龙！
欲识他年分鼎③处，
先生笑指画图中。

【注释】

①豫州：指刘备。他曾任豫州牧。② 何幸：多么幸运。③ 分鼎：三分天下而雄踞一方。

【赏析】

这首诗出自《三国演义》第三十八回《定三分隆中决策 战长江孙氏报仇》。

刘备自起兵以来，颠沛流离半生，经常被猜忌，被追杀，被逼得山穷水尽。经司马徽指点，他茅塞顿开：想开创伟业，需有虎将，更需有善用虎将之人，即谋臣。所以刘备三顾茅庐，力请诸葛亮出山相助。

史载诸葛亮读书不求精熟，而独观其大略。跳出树林看树林，甩开书本看精神，透过现象看本质，做到融会贯通，说明诸葛亮不是"寻章摘句"的腐儒，而是兴邦立世的人才。正因如此，他的目光才越过隆中，扫视寰宇，对历史走势了如指掌。

当刘备请他"开其愚而拯其厄"时，他成竹在胸，侃侃而谈：对北抗拒曹操，对南联合孙权，对内修明政理。他还挂起西川地图，指出要想建立王霸之业，"北让曹操占天时，南让孙权占地利，将军可占人和。先取荆州为家，后即取西川建基业，以成鼎足之势，然后可图中原也"。

诸葛亮不仅帮助刘备分析了天下大势，而且帮他确立了三分天下的战略思想和总路线，这成为刘备事业的转折点。"欲识他年分鼎处，先生笑指画图中"，一个"笑"字写出了诸葛亮的风流倜傥、举重若轻和远见卓识，也写出了后人对隆中对策的由衷赞扬。

原 文

36. 叹孔明

身未升腾思退步，
功成应忆去时言。
只因先主丁宁①后，
星落秋风五丈原。

【注释】

① 丁宁：反复地嘱咐。

【赏析】

这首诗出自《三国演义》第三十八回《定三分隆中决策　战长江孙氏报仇》。

诸葛亮政治眼光锐利，有经天纬地之才，却又生性淡泊，追求精神世界的高洁。和"戚戚于贫贱，汲汲于富贵"的人不同，他之所以出山，并不是追名逐利，这一点从他位极人臣后，生活依然自律俭朴可以看出。他是被刘备三顾茅庐的诚意打动："先帝不以臣卑鄙，猥自枉屈，三顾臣于草庐之中，咨臣以当世之事，由是感激，遂许先帝以驱驰。"所以他临行前嘱咐家人："勿得荒废田亩，待我功成之日，即当归隐。"

他头戴纶巾，身披鹤氅，离开茅庐，告别陇亩，随刘备踏上漫漫征途。"受任于败军之际，奉命于危难之间"，他力挽狂澜，最终帮助刘备建立蜀汉政权，与魏、吴形成三国鼎立的态势。正当一切按照当初的隆中决策顺利进行的时候，刘备却急于为关羽报仇，意气用事，倾全国之力攻打东吴，结果在夷陵被陆逊打得元气大伤。刘备临终前的殷殷托孤使诸葛亮无法退步抽身，只能负重前行："受命以来，夙夜忧叹，恐托付不效，以伤先帝之明。"为报刘备知遇之恩和托孤之心，他尽心竭力辅佐后主刘禅，南征北战，六出祁山，最终积劳成疾，星落五丈原。

"一诗二表三分鼎，万古千秋五丈原。"虽未能践行功成身退的初心，但诸葛亮"鞠躬尽力，死而后已"的精神永为后人所推崇，所仰望。

原　文

37. 赞卧龙

高皇手提三尺雪，
芒砀白蛇夜流血；
平秦灭楚入咸阳，
二百年前几断绝。
大哉光武兴洛阳，
传至桓灵又崩裂；
献帝迁都幸①许昌，
纷纷四海生豪杰：
曹操专权得天时，
江东孙氏开鸿业②；
孤穷③玄德走天下，
独居新野愁民厄④。
南阳卧龙有大志，
腹内雄兵分正奇⑤；
只因徐庶临行语，
茅庐三顾心相知。
先生尔时年三九，
收拾琴书离陇亩；
先取荆州后取川，
大展经纶补天手⑥；
纵横舌上鼓风雷，
谈笑胸中换星斗；
龙骧虎视⑦安乾坤，
万古千秋名不朽！

【注释】

①　幸：指皇帝驾临某地。②　鸿业：大业。③　孤穷：孤独窘困。④　民厄：百姓的困苦。⑤　正奇：古代交兵，对阵交锋为正，拦截袭击为奇。⑥　补天手：比喻挽回世运的才能。⑦　龙骧虎视：指雄才大略。

【赏析】

这首诗出自《三国演义》第三十八回《定三分隆中决策　战长江孙氏报仇》。

诗歌前半部分，纵向追述汉朝历史，横向展现当代局势：高祖刘邦斩蛇起义，平秦灭楚，创立汉朝基业。后经光武中兴，传至桓灵二帝，海内鼎沸，就连皇帝也蒙难出奔，成为枭雄手中的棋子。曹操挟天子以令诸侯，江东孙氏雄霸一方。唯有刘备势单力孤，空怀报国之志，困居新野，孤独失意。后经司马徽指点，徐庶走马推荐，刘备三顾茅庐，力请诸葛亮出山相助。这部分为孔明出场设置了气势恢宏的背景。诗歌后半部分，始终围绕着诸葛亮展开：他隐居山野，淡泊宁静，不求闻达；他心怀天下，志在兼济，文韬武略集于一身。一旦"茅庐三顾心相知"，他便"收拾琴书离陇亩"，义无反顾地陪伴刘备踏上征程。他"受任于败军之际，奉命于危难之间"，力挽狂澜，"大展经纶补天手"。隆中对策规划蓝图，孙刘联盟对抗曹操，进荆州赢得立足之地，取西川奠定鼎立格局，他辅佐刘备走出"山穷水尽"的严冬，迎来"柳暗花明"的暖春，真可谓"龙骧虎视安乾坤，万古千秋名不朽！"

原 文

38. 赞徐氏

才节①双全世所无，

奸回②一旦受摧锄③。

庸臣从贼忠臣死，

不及东吴女丈夫。

【注释】

① 才节：才能节操。② 奸回：奸恶之人。③ 摧锄：铲除。

【赏析】

这首诗出自《三国演义》第三十八回《定三分隆中决策　战长江孙氏报仇》。

孙权的弟弟孙翊"性刚好酒，醉后尝鞭挞士卒"。都将妫览、戴员二人，串通边洪，谋杀孙翊。事毕，二人又将此事归罪于边洪，斩之。二贼趁势掳掠翊家财产侍妾。妫览还欲强占翊妻徐氏。

面对强贼的淫威，"美而慧"的徐氏既不以死硬抗，也不苟且偷生，而是不动声色，与强贼斗智斗勇。她先给自己争取时间："夫死未几，不忍便相从；可待至晦日，设祭除服，然后成亲未迟。"要求合情合理，妫览从之。徐氏紧接着周密策划，密召孙翊心腹旧将孙高、傅婴二人商议对策。她首先动之以情，"先夫在日，常言二公忠义"；继而点破真相，"今妫、戴二贼，谋杀我夫，只归罪边洪，将我家资童婢尽皆分去。妫览又欲强占妾身"；然后告知以计，"妾已诈许之，以安其心。二将军可差人星夜报知吴侯，一面设密计以图二贼"；最后许之以愿，"雪此仇辱，生死衔恩！"二将皆为感泣，立誓杀贼。

到了与贼人约定的日期，她"设祭于堂上。祭毕，即除去孝服，沐浴薰香，浓妆艳裹，言笑自若"。二贼果然中计，先后赴宴被杀。等孙权亲自领军马赶到时，徐氏已经将妫览、戴员首级祭于孙翊灵前。相比之下，那些贪生怕死、背主从贼的"庸臣"，那些不知权变、自招杀身之祸的"忠臣"，其才节胆识真是"不及东吴女丈夫"。

原　文

39. 火烧博望坡

博望相持用火攻，
指挥如意笑谈中。
直须^①惊破曹公胆，
初出茅庐第一功！

【注释】

① 直须：竟然要。

【赏析】

这首诗出自《三国演义》第三十九回《荆州城公子三求计　博望坡军师初用兵》。

诸葛亮初出茅庐，虽有旷世才华，但当时尚未成名。曹操派军南征刘备前，徐庶曾言："玄德得诸葛亮为辅，如虎生翼矣。"曹操的反应却是："诸葛亮何人也？"徐庶称赞诸葛亮"有经天纬地之才，出鬼入神之计，真当世之奇才，非可小觑"。曹操追问："比公若何？"庶答："庶如萤火之光，亮乃皓月之明也。"夏侯惇大为不满："吾看诸葛亮如草芥耳，何足惧哉！"奋然引军南征。

不仅敌方对诸葛亮如此轻蔑，刘备集团内部也是颇多微词。曹操大军杀奔新野，诸葛亮调兵遣将，部署完毕，关羽当众责问："我等皆出迎敌，未审军师却作何事？"孔明曰："我只坐守县城。"张飞大笑："我们都去厮杀，你却在家里坐地，好自在！"被刘备劝止后，两人冷笑而去。众将虽听令，却都疑惑不定，连刘备也颇为疑惑。结果，在诸葛亮的指挥下，火烧博望坡，大败夏侯惇，刘备军队大获全胜，新野百姓望尘遮道而拜。关羽、张飞心服口服，快人快语："孔明真英杰也！"

这场战争取胜后，无论是敌方还是己方，都见识了诸葛亮不同凡响的才能和神出鬼没的智谋，这也正是"初出茅庐第一功"的意义所在。

原 文

40.孔融之死

孔融居北海^①，
豪气贯长虹：
坐上客长满，
樽中酒不空；
文章惊世俗，
谈笑侮王公。
史笔褒忠直，
存官纪"太中"。

【注释】

① 北海：孔融曾任北海太守。

【赏析】

这首诗出自《三国演义》第四十回《蔡夫人议献荆州　诸葛亮火烧新野》。

孔融聪慧绝伦，博闻强识，为"建安七子"之一。其诗文以气胜，有风骨，被曹丕赞为"体气高妙"。他为人宽厚，"荐达贤士，多所奖进"；又极好宾客，经常说"坐上客常满，杯中酒不空，吾之愿也"。只是他为人刚傲，"放言无忌惮"。曹丕纳袁绍儿媳甄氏为妻，孔融对曹操说："武王伐纣，以妲己赐周公。"曹操追问出处，孔融答曰："以今度之，想当然耳。"后朝廷连年用兵，军粮奇缺，曹操下令禁酒，并身体力行。孔融却每日与文人墨客聚饮。他宣称"投汉不投曹"，上奏要尊崇天子，扩大汉室实权，抵制曹操"挟天子以令诸侯"，这极大地激怒了曹操，于是想寻机杀掉孔融。

北方平定后，曹操决定出师南征。孔融上书反对："今丞相兴此无义之师，恐失天下之望。"被曹操斥退后，孔融仰天长叹："以至不仁伐至仁，安得不败乎！"这话被仇家郗虑添枝加叶密告曹操。曹操大怒，捕杀孔融全家。

诗歌赞颂了孔融的才华、气节和操守，并为他的死深感痛心，同时对曹操杀害贤才的行径深表不满。

原　文

41. 火烧新野

奸雄曹操守中原，
九月南征到汉川。
风伯^①怒临新野县，
祝融^②飞下焰摩天。

【注释】

① 风伯：神话中的风神。② 祝融：神话中的火神。

【赏析】

这首诗出自《三国演义》第四十回《蔡夫人议献荆州　诸葛亮火烧新野》。

曹操平定北方后，传令起大兵五十万，欲趁势扫平江南，前锋直指战略要冲荆州。强敌压境，诸葛亮调兵遣将，部署迎敌。他安排关羽引军用沙袋堵住白河之水，派张飞去博陵渡口埋伏，吩咐赵云去新野城内，在人家屋顶上多藏硫黄焰硝等引火之物。

曹仁领兵突入新野城内，发现是座空城，认为刘备等"计孤力穷，故尽带百姓逃窜去了"，于是吩咐士兵进房安歇。当夜狂风大作，赵云率军尽将火箭射入城去。登时，"风伯怒临新野县，祝融飞下焰摩天"。火借风势，风助火威，满城火起，上下通红。曹仁引众军冒烟突火，寻路而逃。奔至白河，被关羽水淹；逃到博陵渡口，又被张飞截杀。曹军铩羽而归。

使用火攻，必须具备有利的条件。如火烧博望坡，利用的是路窄林密的地势；新野火攻，利用的是狂风骤起的天时。孙子认为，火攻与水攻都是非常有效的战术，而诸葛亮更是运用火攻的高手。他初出茅庐，就用两把火烧得曹军闻风丧胆。曹操气急败坏，破口大骂："诸葛村夫，安敢如此！"正是这位他瞧不上眼的对手，协助东吴，让他在赤壁那把大火中彻底败北，最终促成三分天下的格局。

原文

42. 携民渡江

临难仁心存①百姓，
登舟挥泪动三军。
至今凭吊襄江口，
父老犹然忆使君②。

【注释】

① 存：顾恤。② 使君：此处指刘备。

【赏析】

这首诗出自《三国演义》第四十一回《刘玄德携民渡江　赵子龙单骑救主》。

曹操大兵压境，刘备寡不敌众，退守襄阳。两县百姓大呼："我等虽死，亦愿随使君！"扶老携幼，将男带女，滚滚渡河，两岸哭声不绝。刘备见状大恸，说百姓受自己的牵连而遭此大难，欲投江而死，被左右急救才止住。因所随百姓有十余万人，每日只走十余里，而曹军来势凶猛，众将都劝刘备："不如暂弃百姓，先行为上。"刘备泣曰："举大事者必以人为本。今人归我，奈何弃之？"百姓闻玄德此言，莫不伤感。

在《三国演义》中，刘备之所以成为广大民众支持和拥戴的"仁君"，最重要的原因就是他心系百姓，以民为本。我国的民本思想起源很早：西周时期即有重民轻天的思想；孔子推崇"仁者爱人"，并提出君与民的"舟水之论"；孟子倡导"民贵君轻"，宣传"得道者多助，失道者寡助"；等等。古代目光远大的统治者，都认识到"政之所兴，在顺民心；政之所废，在逆民心"。刘备身处生死关头，不顾个人安危，携民渡江，因此赢得百姓的拥护与爱戴。史学家评论道："先主虽颠沛险难而信义愈明，势逼事危而言不失道。追景升之顾，则情感三军；恋赴义之士，则甘与同败……其终济大业，不亦宜乎！"

原　文

43. 赵云大战长坂坡

血染征袍透甲红，
当阳谁敢与争锋！
古来冲阵扶危主，
只有常山赵子龙①。

【注释】

① 常山赵子龙：赵云为常山（今河北正定）人。赵子龙，即赵云，字子龙。

【赏析】

这首诗出自《三国演义》第四十一回《刘玄德携民渡江　赵子龙单骑救主》。

诗歌前两句着重刻画的是赵云的"勇"。他在敌阵中往来冲突，先后救下简雍、糜竺和甘夫人，杀开一条血路，把他们护送到安全的地方。为寻糜夫人和幼主，他再次冲进敌阵，刺死夏侯恩，从他手里夺过曹操的"青釭"宝剑，又刺倒晏明，大战张郃。他挥舞着长枪和青釭剑奋勇杀敌，最终直透重围，砍倒大旗两面，夺槊三条，枪刺剑砍，杀死曹营名将五十余员。当他杀出敌阵后，已经"血染征袍透甲红"。

身处危境，保全性命是人的本能。到底是一种什么样的信念，促使赵云舍生忘死，"逆行"冲进敌阵？那就是"忠"字。"主公将甘、糜二夫人与小主人阿斗，托付在我身上，今日军中失散，有何面目去见主人？不如去决一死战，好歹要寻主母与小主人下落！"从简雍处得知主母下落后，他说："我上天入地，好歹寻主母和小主人来。如寻不见，死在沙场上也！"最终他杀透重围，将幼主献给刘备。

"利害得失看操守，死生祸难看气节。"当刘备势穷力尽之际，赵云不思个人安危，不图富贵，心如铁石，与主公同生死，共患难，舍身救护幼主，确如诗歌所赞："古来冲阵扶危主，只有常山赵子龙。"

原 文

44. 张飞大闹长坂桥

长坂桥头杀气生，
横枪立马眼圆睁。
一声好似轰雷①震，
独退曹家百万兵。

【注释】

① 轰雷：响雷。

【赏析】

这首诗出自《三国演义》第四十二回《张翼德大闹长坂桥　刘豫州败走汉津口》。

赵云大战长坂坡，单骑救下幼主，杀出重围，往长坂桥而走。此时又有大队曹军追杀过来。赵云人困马乏，眼看抵挡不住。幸好张飞在长坂桥接应。张飞"怒目横矛，立马于桥上"，大喝三声，声如巨雷，竟将百万曹军吓得落荒而逃。

这首诗就以极为精练传神的语言讲述了这一情节。前两句写张飞的勇猛和威风。第一句中的"杀气生"三字，既有力地渲染出战场剑拔弩张的紧张气氛，又烘托出张飞的威武勇猛；第二句通过对张飞动作和神态的描摹，展现其不可侵犯的神威，特别是"眼圆睁"这一细节描写，十分传神，使读者如见其人。后两句写他喝退曹兵的壮举。以"轰雷震"形容其声音非常贴切，使读者如闻其声。末句"独"与"百万"形成鲜明对比，"退"字也很有力量，益发突显出张飞的神威凛凛，英勇无敌。

这首诗虽只有短短二十八个字，却将故事发生的地点、氛围，人物的动作、神态、声音以及完整的故事情节交代得清清楚楚，描述得惊心动魄，其精彩程度实不亚于千百字的故事叙述。

【注释】

① 慰：慰藉。② 狂吟：纵情吟唱。

【赏析】

这首诗出自《三国演义》第四十五回《三江口曹操折兵　群英会蒋干中计》。

赤壁大战时，孙刘联军不足八万，但擅长水战；曹军号称八十万，但短于水战。周瑜暗窥曹军水寨，得知是谙习水战的蔡瑁、张允任水军都督后，就决定除掉这两个心腹大患。

曹操手下的蒋干是周瑜好友，他自告奋勇，到东吴劝降周瑜。得知蒋干来访，周瑜决定利用这颗棋子，达到除掉蔡、张二人的目的。他计划周密，步步推进。第一步封住蒋干之口："远涉江湖，为曹氏作说客耶？"蒋干只能推说自己是来叙旧。周瑜又勒紧一环："吾但恐兄为曹氏作说客耳。"在安排酒宴招待蒋干时，周瑜解下佩剑交给太史慈监酒："今日宴饮，但叙朋友交情；如有提起曹操与东吴军旅之事者，即斩之！"蒋干再不敢多言。第二步是表明自己的作战决心。周瑜带着蒋干查看士卒粮草，表示："大丈夫处世，遇知己之主，外托君臣之义，内结骨肉之恩，言必行，行必果，祸福共之。假使苏秦、张仪、陆贾、郦生复出，口似悬河，舌如利刃，安能动我心哉！"蒋干闻言面如土色。第三步是吟歌言志。回到帐中，周瑜舞剑作歌。歌词本身艺术价值并不是很高，但是它表明了周瑜报答孙氏倚重之恩、渴望建功立业的决心，也展现了文武兼备的他雅量高志的风采。

在这场斗智中，周瑜诱使蒋干盗书，利用曹操多疑的性格除掉了蔡瑁、张允，为赤壁大战的胜利扫除了障碍。

原　文

45. 周瑜吟歌

丈夫处世兮立功名；

立功名兮慰平生。

慰①平生兮吾将醉；

吾将醉兮发狂吟②！

原文

46.草船借箭

一天浓雾满长江，
远近难分水渺茫。
骤雨飞蝗来战舰，
孔明今日伏①周郎。

【注释】

① 伏：使屈服。

【赏析】

这首诗出自《三国演义》第四十六回《用奇谋孔明借箭　献密计黄盖受刑》。

赤壁会战集结了孙、刘、曹三家顶尖的人物：曹操身经百战，文韬武略兼备；周瑜以远大的政治目光和卓越的军事才能名满天下；诸葛亮号称"卧龙"，初出茅庐便屡立奇功。三雄伫立在长江战舰船首，却各怀心思。

周瑜用计除去蔡瑁、张允后，诸将都被蒙在鼓里，只有诸葛亮明察秋毫。周瑜决定除掉这个劲敌，就安排诸葛亮在十天内造出十万支箭，谁料诸葛亮却说三天就可以完成。原来诸葛亮算定三天后有大雾，心中已想好应对之策。到了第三天，他带着快船二十只，船上束草千余个，借着茫茫大雾的掩护驶近曹寨。重雾迷江，曹军不敢轻出，派出万余人向江中船上射箭，箭如骤雨射在船头草束上，最后清点足足有十余万支。

联吴抗曹是战略大局，面对周瑜设置的一个个陷阱，如果诸葛亮以牙还牙，势必演出"亲者痛仇者快"的悲剧，三分天下的战略格局也会化为泡影。为大局着想，诸葛亮巧妙避让，既完成任务，又不激化矛盾。这一方面显示了诸葛亮的大度，另一方面也展现出他的卓越才华。草船借箭的计策使周瑜心服口服，慨然叹曰："孔明神机妙算，吾不如也！"这首小诗以精练的语言概括了草船借箭的经过和结果，对于深入刻画诸葛亮的形象具有重要作用。

47. 庞统献连环计

赤壁鏖兵①用火攻，
运筹决策尽皆同。
若非庞统连环计，
公瑾②安能立大功？

【注释】

① 鏖（áo）兵：激战。② 公瑾：周瑜的字。

【赏析】

这首诗出自《三国演义》第四十七回《阚泽密献诈降书　庞统巧授连环计》。

面对强敌，只能智取。诸葛亮和周瑜英雄所见略同，那就是用"火攻"。确定战术后，周瑜开始着手实施。

第一个要解决的问题是谁去"点火"。想实施火攻，就得有人携带引火物靠近曹军战舰。黄盖挺身而出，和周瑜同唱一出"苦肉计"。第二个问题是谁去献诈降书。能言有胆的阚泽欣然前往，与奸诈多谋的曹操斗智斗勇，胜利完成传递诈降书的任务。第三个问题是如何彻底击溃曹军。庞统认为："欲破曹兵，须用火攻。但大江面上，一船着火，余船四散；除非献'连环计'，教他钉作一处，然后功可成也。"于是周瑜筹划计策，创造机会，让曹营中前来探听消息的蒋干带庞统过江见曹操。曹操与庞统置酒共饮，畅谈军机。谈到士兵不惯乘舟，多生疾病时，庞统建议："若以大船小船各皆配搭，或三十为一排，或五十为一排，首尾用铁环连锁，上铺阔板，休言人可渡，马亦可走矣。乘此而行，任他风浪潮水上下，复何惧哉？"曹操下席而谢曰："非先生良谋，安能破东吴耶！"

赤壁之战总是和周瑜的英名联系在一起，其实这场战争的胜利，不是单靠哪一位英雄的功劳，也不是仅凭哪一个计谋的出色，而是依靠孙刘联军的谋士、将领群策群力，互相配合，才点燃了赤壁那把冲天大火，拉开三分天下的政治格局的帷幕。

原 文

48.短歌行

〔汉〕曹 操

对酒当歌，人生几何：
譬如朝露，去日苦多。
慨当以慷①，忧思难忘；
何以解忧，惟有杜康②。
青青子衿③，悠悠我心；
但为君故，沉吟至今。
呦呦鹿鸣，食野之苹；
我有嘉宾，鼓瑟吹笙④。
皎皎如月，何时可掇？
忧从中来，不可断绝！
越陌度阡，枉用相存⑤；
契阔谈宴⑥，心念旧恩。
月明星稀，乌鹊南飞；
绕树三匝⑦，无枝可依。
山不厌高，水不厌深：
周公吐哺⑧，天下归心。

【注释】

① 慨当以慷：指充满正气，情绪激动。"当""以"均无实意。② 杜康：代指酒。③ 子衿：指有才干的人。④ 呦呦鹿鸣，食野之苹；我有嘉宾，鼓瑟吹笙：出自《诗经·小雅·鹿鸣》，此处借指渴望得到贤才的心情。⑤ 越陌度阡，枉用相存：客人穿过纵横交错的小路，屈驾来拜访我。⑥ 契阔谈宴：在欢乐的宴会上畅叙离别之情。契阔，久别。⑦ 匝：周；圈。⑧ 周公吐哺：周公为了接待天下贤才，有时吃一顿饭都要中断数次。吐哺，吐出嘴里的食物。

【赏析】

这首诗出自《三国演义》第四十八回《宴长江曹操赋诗 锁战船北军用武》。

建安十三年（208），曹操率水军征讨孙权。赤壁大战前的一个夜晚，"东山月上，皎皎如同白日。长江一带，如横素练"。曹操在战船上与文武百官宴饮，豪情激荡，于是横槊立于船头，作了此诗。诗歌前八句感叹人生短暂，只好借酒消愁；中间十六句表现自己对贤才的渴望以及贤才远道来投，宾主宴饮的情景；最后八句用"乌鹊""山""水"的比喻和"周公吐哺"的典故，再次抒发自己求贤若渴的心情，其中末尾四句格调尤其慷慨激昂，至今读之，仍觉壮志盈怀，豪气逼人。

原 文

49. 七星坛祭风

七星坛①上卧龙登，

一夜东风江水腾。

不是孔明施妙计，

周郎安得逞才能？

【注释】

① 七星坛：周瑜为诸葛亮祭风而修筑的平台。

【赏析】

这首诗出自《三国演义》第四十九回《七星坛诸葛祭风　三江口周瑜纵火》。

周瑜为火攻曹操，先后使用了"离间计""苦肉计""连环计"等，可谓煞费苦心。一切准备就绪，开战前夕，周瑜于山顶察看曹军战船，"忽狂风大作，江中波涛拍岸。一阵风过，刮起旗角于周瑜脸上拂过。瑜猛然想起一事在心，大叫一声，往后便倒，口吐鲜血"。周瑜病倒的原因很简单，曹军战舰在江北，如果不刮东南风，将前功尽弃。

其实，曹操当初用铁索连接战舰时，程昱就曾提醒他须防火攻。结果曹操大笑："凡用火攻，必借风力。方今隆冬之际，但有西风北风，安有东风南风耶？吾居于西北之上，彼兵皆在南岸，彼若用火，是烧自己之兵也，吾何惧哉？"

诸葛亮前来探望周瑜，为他开出了"药方"："欲破曹公，宜用火攻；万事俱备，只欠东风。"周瑜大惊，向诸葛亮请教。按照诸葛亮的要求，周瑜命人在南屏山设七星坛。诸葛亮登坛作法，借来三天三夜东南风，助周瑜成功火烧曹军。

小说中这段叙述无疑将诸葛亮神化了；现实中，只能说这场冬天罕见的东南风成就了周瑜，救孙刘两家于危亡，正如诗人杜牧所言："东风不与周郎便，铜雀春深锁二乔。"

原 文

50. 关羽义释曹操

曹瞒①兵败走华容，
正与关公狭路逢。
只为当初恩义重，
放开金锁走蛟龙②。

【注释】

① 曹瞒：曹操，小字阿瞒。② 蛟龙：比喻曹操。

【赏析】

这首诗出自《三国演义》第五十回《诸葛亮智算华容　关云长义释曹操》。

赤壁一战，曹军大败。诸葛亮调兵遣将，围剿战败北逃的曹操。他给赵云、张飞、糜竺等人都分派了任务，而关羽在侧，他却全然不睬。关羽追问原因，诸葛亮解释道："昔日曹操待足下甚厚，足下当有以报之。今日操兵败，必走华容道；若令足下去时，必然放他过去。因此不敢教去。"关羽认为自己已经报答过曹操了，"今日撞见，岂肯放过！"为表示自己的决心，他还立下了军令状。

曹操果然逃到华容道，和关羽狭路相逢。曹操听从程昱的建议，先是对关羽诉说当下"兵败势危，到此无路"的困境，让"傲上而不忍下，欺强而不凌弱"的关羽动了恻隐之心。曹操又谈起昔日情义："五关斩将之时，还能记否？"针对关羽最重义气的性格特点，曹操引用《春秋》中的典故来说服他："将军深明《春秋》，岂不知庾公之斯追子濯孺子之事乎？"

曹操这番话果然打动了关羽。他先是"动心"，再是"不忍"，继而"犹豫"，最后无奈地一声"长叹"，将曹操放了。

这首小诗是对关羽义释曹操情节的概括，诗中所写之事将关羽义薄云天的性格特征表现得淋漓尽致——既然立下了军令状，放走曹操也就意味着自己回去请死。正如小说中感叹的那样："拼将一死酬知己，致令千秋仰义名。"

原　文

51. 赞黄忠

将军气概与天参^①，
白发犹然困汉南。
至死甘心无怨望，
临降低首尚怀惭。
宝刀灿雪彰神勇，
铁骑临风忆战酣。
千古高名应不泯，
长随孤月照湘潭^②。

【注释】

① 与天参：与天并列。② 湘潭：指长沙。

【赏析】

这首诗出自《三国演义》第五十三回《关云长义释黄汉升　孙仲谋大战张文远》。

黄忠英勇盖世，但年近六旬，仅是长沙郡太守韩玄手下的一员武将。"将军气概与天参，白发犹然困汉南"，道出了对怀才不遇的老将军的深切同情。

关羽奉命来取长沙郡，黄忠舞刀迎战。两人"斗一百余合，不分胜负"。就连目空一切的关羽都赞叹："老将黄忠，名不虚传。""宝刀灿雪彰神勇，铁骑临风忆战酣"两句，刻画出黄忠勇武无畏的雄姿。

为了赢黄忠，关羽决定使用"拖刀计"。没想到黄忠马失前蹄，摔在地上。关羽没有乘人之危痛下杀手，而是将黄忠放了。次日交战，黄忠想起关羽不杀之恩，张弓虚射两次，第三次又故意射在关羽盔缨根上。太守韩玄因此断定黄忠通敌，喝令推出斩首。黄忠毫无怨恨，坦然就死。魏延救下黄忠去杀韩玄时，黄忠还拦挡魏延。关羽率军入城后，请黄忠相见，黄忠托病不出；直到刘备亲自去请，黄忠才出降，并求葬韩玄尸首于长沙之东。"至死甘心无怨望，临降低首尚怀惭"两句写出了老将军的忠义。

黄忠后随刘备转战疆场，屡立功勋。他的忠义神勇万古流芳。

原 文

52. 赞太史慈

矢志①全忠孝,
东莱太史慈:
姓名昭②远塞,
弓马震雄师;
北海酬恩日,
神亭酣战时。
临终言壮志,
千古共嗟咨③!

【注释】

① 矢志:立下誓愿。② 昭:显扬。③ 嗟咨:慨叹。

【赏析】

这首诗出自《三国演义》第五十三回《关云长义释黄汉升 孙仲谋大战张文远》。

在本书中,太史慈重要出场有三次。第一次重要出场是北海救孔融(见第十一回)。当时黄巾军攻打北海,太史慈奉母亲之命,匹马闯阵前来相助:"老母感君厚德,特遣慈来;如不能解围,慈亦无颜见母矣。愿决一死战!"后来他到刘备处求援时,慨然对刘备说:"与孔融亲非骨肉,比非乡党,特以气谊相投,有分忧共患之意。"第二次重要出场是与孙策神亭酣战(见第十五回)。两人皆有万夫不当之勇,从马上打到地上,始终难分胜负。太史慈归顺孙策后,去招降刘繇旧部,别人都说太史慈必定不回来,但他没有辜负孙策的信任,带着一千多人如期归来。第三次重要出场是与张辽交战(见第五十三回)。太史慈中了埋伏,身负重伤而死。临终前,太史慈大叫:"大丈夫生于乱世,当带三尺剑立不世之功;今所志未遂,奈何死乎!"

太史慈事母至孝,知恩图报,忠诚不渝,英勇盖世。他去世时年仅四十一岁,壮志未酬,遗恨似海,"临终言壮志,千古共嗟咨!"

原 文

53.恨 石

宝剑落时山石断，

金环响处火光生。

两朝①旺气皆天数，

从此乾坤鼎足成。

【注释】

① 两朝：指刘备蜀汉政权和孙权东吴政权。

【赏析】

这首诗出自《三国演义》第五十四回《吴国太佛寺看新郎　刘皇叔洞房续佳偶》。

赤壁兵败后曹操逃回北方，派曹仁镇守荆州。周瑜带兵前去攻打，将曹仁引诱出城厮杀时，刘备趁机占领荆州。东吴几次派人前去交涉，都被刘备方面搪塞过去。

此时两家都不希望兵戎相见，以免曹操坐收渔利。孙权以嫁妹为名，把刘备骗到东吴，打算以他作为人质，来换取荆州。谁料孙权之母吴国太得知了这个消息，真心要招刘备为婿，相亲一事竟弄假成真。

刘备发觉身处险境，既忧虑又愤恨，他看见庭下有一石块，就拔剑仰天暗祝："若刘备能勾回荆州，成王霸之业，一剑挥石为两段。如死于此地，剑剁石不开。"手起剑落，火光迸溅，将石块砍为两段。孙权见状，也暗暗祝告曰："若再取得荆州，兴旺东吴，砍石为两半！"手起剑落，巨石亦开。

荆州地理位置险要，且"沃野千里，士民殷富"，在当时具有十分重要的战略地位。孙、刘两家都看到了荆州的重要性，暗自祝祷，又都能断石为两半，也就暗合刘备取得西川后，为与孙权共同抵御曹操，最终将荆州三郡归还东吴一事。两家既互不相让又不得不互相妥协，最终促成三国鼎立局面的形成。

原　文

54. 江山雨霁

江山雨霁①拥青螺，
境界无忧乐最多。
昔日英雄凝目处，
岩崖依旧抵②风波。

【注释】

①雨霁：雨过天晴。②抵：到达。

【赏析】

这首诗出自《三国演义》第五十四回《吴国太佛寺看新郎　刘皇叔洞房续佳偶》。

这首诗写的是甘露寺所在的北固山。此山风光旖旎，形势险要，为历代军事重地。这里有关三国的传说很多，如甘露寺招亲等。墨客文人登临此地，往往写诗遣怀。

本诗前两句写景。一场风雨过后，天朗气清，视野开阔。树木苍翠的北固山如碧绿的田螺，巍然屹立在长江岸边。江面一望无边，大风浩荡，洪波滚雪，白浪滔天。赏心悦目的风景，让人乐以忘忧。后两句诗是怀古。三国时期，孙权、周瑜使用"美人计"，欲将刘备骗至东吴为质，来换取荆州。孰料相亲之事弄假成真。孙权将刘备送出甘露寺，二人并立，观看江山之景。气势恢宏的大江高山，让刘备赞叹不已："此乃天下第一江山也！"

岁月流逝，并立在甘露寺前观看江山风景的两位英雄，已经难觅踪影；只有那不断拍击着崖壁的波涛，亘古未变。

《三国演义》开篇词云："滚滚长江东逝水，浪花淘尽英雄。是非成败转头空：青山依旧在，几度夕阳红。"和此诗抒发的都是一种历史沧桑之感。诗歌写成败得失随水东流，人生沉浮如浪花起落，从中折射出作者淡泊旷达的胸怀和深邃独特的感悟。

原　文

55. 刘郎浦口号

吴蜀成婚此水浔①，
明珠步障②屋黄金。
谁知一女轻天下，
欲易刘郎鼎峙③心。

【注释】

①　浔：水边。②　步障：用以遮蔽风尘或视线的一种屏幕。③　鼎峙：指鼎立，三方面并峙。

【赏析】

这首诗出自《三国演义》第五十五回《玄德智激孙夫人　孔明二气周公瑾》。

周瑜与孙权使用"美人计"，用孙尚香做诱饵，将刘备骗至东吴。孙尚香风采别具，周瑜说她"极其刚勇，侍婢数百，居常带刀，房中军器摆列遍满，虽男子不及"；吕范则说她"美而贤，堪奉箕帚"。可以看出，孙尚香既美丽温柔，又英姿飒爽。

婚事弄假成真后，孙权只得另想办法。周瑜建议为刘备"筑宫室，以丧其心志；多送美色玩好，以娱其耳目"。张昭也说："刘备起身微末，奔走天下，未尝受享富贵。今若以华堂大厦，子女金帛，令彼享用，自然疏远孔明、关、张等，使彼各生怨望，然后荆州可图也。"孙权依计而行。

刘备果然乐而忘返。赵云见情势不妙，于是实施诸葛亮事先给他的锦囊妙计，使刘备说服孙尚香一同离开东吴。刘备走到江边时，"蓦然想起在吴繁华之事，不觉凄然泪下"。

"吴蜀成婚此水浔，明珠步障屋黄金"，豪华富丽的生活迷住了刘备。他戎马半生，年近半百，一时迷恋温柔富贵乡合乎人情。但他毕竟是一代英杰，他的雄心壮志会暂时模糊，但绝不会为安逸享乐而彻底改变。因此，诗歌流露出对孙权的嘲笑："谁知一女轻天下，欲易刘郎鼎峙心。"

原 文

56.一生真伪有谁知

周公①恐惧流言日，
王莽②谦恭下士时：
假使当年身便死，
一生真伪有谁知！

【注释】

① 周公：西周初期杰出的政治家、军事家、思想家、教育家。② 王莽：新王朝的建立者。

【赏析】

这首诗出自《三国演义》第五十六回《曹操大宴铜雀台　孔明三气周公瑾》。

曹操大宴铜雀台，文士所献诗章称颂其功德巍巍，该当受命于天。曹操说了一段话，大意是：自己领兵征伐数年，终于统一北方。如今位极人臣，已无所求。他谈到自己对国家稳定的作用："如国家无孤一人，正不知几人称帝，几人称王。"谈到别人对自己的误解："或见孤权重，妄相忖度，疑孤有异心，此大谬也。"他还解释了自己没有功成身退的原因：一是怕为人所害，二是怕国家倾危。他感慨道："诸公必无知孤意者。"

曹操的这段自白，让人联想起两个人：一是周公。周武王去世后，成王年幼，周公代理朝政，却被人诽谤，说他想篡位，于是避居东野。后来成王悔悟，才将周公迎回。周公内外兼治，天下太平后还政于成王。一是王莽。西汉末年，官僚奢侈腐化，唯独王莽生活简朴，严以律己，谦恭下士，声名远播。但是后来他竟然代汉建新，登上帝位。

这首诗告诉人们：如果周公遭受毁谤，王莽假装谦恭，曹操在铜雀台表态的时候突然死去，那么谁能知道他们是忠是奸？谁能知道他们所说的话是真是假？所以，还是把一切交给历史吧，在漫长的岁月里，所有的伪装都会化为尘土，所有的真相都会浮出水面。

原　文

57.周瑜之死

赤壁遗雄烈，
青年有俊声①。
弦歌知雅意，
杯酒谢良朋。
曾谒三千斛②，
常驱十万兵。
巴丘③终命处，
凭吊欲伤情。

【注释】

① 俊声：才智出众的名声。② 斛（hú）：一斛本为十斗，后来改为五斗。③ 巴丘：今岳阳楼一带，周瑜于此处去世。

【赏析】

这首诗出自《三国演义》第五十七回《柴桑口卧龙吊丧　耒阳县凤雏理事》。

曹操率百万大军饮马长江时，东吴上下投降论调甚嚣尘上。周瑜力挺孙权主战，分析敌我，洞察一切。他进行了精密谋划，最终助东吴以弱胜强，使曹军"樯橹灰飞烟灭"。

周瑜风流倜傥，雅量高志。史载他精通音乐，有歌谣为证："曲有误，周郎顾。"他雍容大度，识贤荐才，颇有声望。史书上评价他"性度恢廓，大率为得人"；刘备也夸他"文武筹略，万人之英，器量广大"。

周瑜和鲁肃情谊深厚。当初周瑜拜见鲁肃，求助军粮，"肃家有两囷米，各三千斛。肃乃指一囷与周瑜"。两人因此成为挚友。正是鲁肃促成孙刘联盟，形成曹操最不愿意看到的鼎立格局。

天妒英才，周瑜早逝。孙权痛哭道："公瑾有王佐之才，今忽短命而死，孤何赖哉？"诸葛亮在祭文中也说："忠义之心，英灵之气；命终三纪，名垂百世。""巴丘终命处，凭吊欲伤情"，德才兼备的周瑜，世世代代为人们所怀念。

原 文

58.马腾之死

父子齐芳烈①，
忠贞著②一门。
捐生③图国难，
誓死答君恩。
嚼血盟言在，
诛奸义状存。
西凉推世胄，
不愧伏波④孙！

【注释】

① 芳烈：美好的事迹或名声。② 著：显扬。③ 捐生：舍弃生命。④ 伏波：指伏波将军马援。

【赏析】

这首诗出自《三国演义》第五十七回《柴桑口卧龙吊丧　耒阳县凤雏理事》。

当年董承密受衣带诏，西凉太守马腾读毕，"毛发倒竖，咬齿嚼唇，满口流血"。他在义状上慨然签名并立誓："吾等誓死不负所约！"后衣带诏事件暴露，曹操对马腾恨之入骨，但忌惮马腾手下兵精将勇，未敢轻易动手。

周瑜去世后，曹操准备南征，又恐马腾趁机来袭许都，于是采纳荀攸的建议："降诏加马腾为征南将军，使讨孙权，诱入京师，先除此人，则南征无患矣。"

马腾接到诏书后，决定前往，欲趁机践行衣带诏所约，为国除害。曹操派黄奎前去劳军。黄奎深恨曹操，与马腾相约次日城外点兵时杀掉曹操。没想到此事被人告密，曹操事先做了充分准备，将马腾并两子杀害，正如诗中所言："父子齐芳烈，忠贞著一门。捐生图国难，誓死答君恩。"

马腾是马援的后裔。马援是东汉开国功臣，战功赫赫。天下统一之后，马援虽已年迈，但仍请缨东征西讨，平定四方，被封为伏波将军。而马腾身上依然流淌着正义、刚烈与忠贞的家族血液，虽未能成事，仍不愧为一代英烈。

【注释】

① 声价：指名声和社会地位。

【赏析】

这首诗出自《三国演义》第五十八回《马孟起兴兵雪恨　曹阿瞒割须弃袍》。

曹操杀了马腾后，起兵三十万径下江南。孙权求救于刘备。刘备左右为难：不救江东，就会被曹操各个击破；去救江东，就失去夺取西川的大好时机。诸葛亮出奇招激活全盘：修书给马腾之子马超，相约共击曹操，"使超兴兵入关，则操又何暇下江南乎？"得知父亲被害的消息，马超咬牙切齿，痛恨曹操。他接到刘备的书信后，即起二十万大军，与曹操大战于潼关。

这是本书中马超的第一次亮相："生得面如傅粉，唇若抹朱，腰细膀宽，声雄力猛，白袍银铠，手执长枪，立马阵前。"马超不仅外貌出众，而且武艺超群，一连打败曹操手下数员名将。西凉兵一起冲杀，曹兵大败。西凉兵大叫："穿红袍的是曹操！"曹操就马上脱下红袍。又听得大叫："胡子长的是曹操！"曹操惊慌，用佩刀割断了自己的胡子。又听得大叫："胡子短的是曹操！"曹操无奈，只好扯旗角包住脖颈而逃。

在混战中，曹操又是脱红袍，又是断长髯，又是扯旗角包脖颈，虽然洋相尽出，脸面扫地，但毕竟逃出了险境。从中也可以看出他善于权变的性格特征。"剑割髭髯"不假，但是"应丧胆"就不够准确了，试想，丧胆之人能如此沉着应变吗？作者这样写，只是为了反衬"马超声价盖天高"而已。

原　文

59. 马超战潼关

潼关战败望风逃，
孟德怆惶脱锦袍。
剑割髭髯应丧胆，
马超声价①盖天高。

原 文

60.赞张松

古怪形容异，
清高体貌疏①。
语倾三峡水，
目视十行书。
胆量魁②西蜀，
文章贯太虚③。
百家并诸子，
一览更无馀。

【注释】

① 疏：指张松容貌丑陋。② 魁：第一名。③ 太虚：天空。

【赏析】

这首诗出自《三国演义》第六十回《张永年反难杨修 庞士元议取西蜀》。

盘踞汉中的张鲁向西川刘璋发动进攻。刘璋手下的张松主动要求前往许都，劝说曹操兴兵讨伐张鲁，并暗画了西川地图。

孰料志骄意满的曹操"见张松人物猥琐，五分不喜；又闻语言冲撞，遂拂袖而起"。才华出众的杨修接连向张松发问，张松皆对答如流；面对张松的反问，杨修却"满面羞惭，强颜而答"。后来杨修拿出曹操所著《孟德新书》给张松看，张松只看了一遍，就能背诵全书，并无一字差错。曹操点虎卫雄兵五万，让张松见见"军容之盛"，张松却斜眼视之。曹操威吓道："大军到处，战无不胜，攻无不取，顺吾者生，逆吾者死。"张松讥讽道："赤壁遇周郎，华容逢关羽；割须弃袍于潼关，夺船避箭于渭水：此皆无敌于天下也！"曹操恼羞成怒，将张松乱棒打出。

这首诗赞颂了张松的博闻强识、胆量过人、不畏强权、秉性清高。因为曹操的傲慢跋扈，张松转而把那张价值连城的西川地图献给刘备，为刘备集团占领西川提供了宝贵的战略资料，加快了三国鼎立的步伐。

原 文

61. 飞身向大江

昔年救主在当阳①，
今日飞身向大江②。
船上吴兵皆胆裂，
子龙英勇世无双！

【注释】

① 昔年救主在当阳：指赵云单骑救主之事。当时，刘备被曹操打得大败，赵云怀抱后主阿斗，直透重围，杀死曹营名将五十余人才得以脱身。② 大江：指长江。

【赏析】

这首诗出自《三国演义》第六十一回《赵云截江夺阿斗　孙权遗书退老瞒》。

这是赞颂赵云截江夺回阿斗的一首诗。当时，孙权趁刘备入益州之际，采用张昭的计策，假称吴国太病危，派心腹周善到荆州接孙夫人和阿斗（刘备的独子）。二人登船归吴之时，赵云闻讯，驾船赶来，力劝孙夫人留下阿斗，但夫人不从，赵云只得奋力夺回阿斗。后来，赵云在张飞的协助下将阿斗送回荆州。自此，孙权企图以阿斗作人质的阴谋化为泡影。

诗歌前两句，"昔年"与"今日"形成对比，把赵云单骑救主和如今截江救主放在一起，相得益彰，强调赵云两度于危难之时救回后主，突出了赵云的忠勇和功绩。尤其是"飞身"二字，传神至极，形象地刻画出赵云的奋不顾身、武艺高强。而"船上吴兵皆胆裂"，则以夸张手法侧面烘托出赵云"英勇世无双"的英雄形象。

原　文

62. 江上扶危主

长坂桥①边怒气腾，

一声虎啸②退曹兵。

今朝江上扶危主，

青史应传万载名。

【注释】

① 长坂桥：当年赵云单骑救主杀出重围后，赶到长坂桥，曹军随后追到。幸好张飞在桥上接应，将曹军喝退。② 虎啸：张飞在长坂桥上大喝曰："燕人张翼德在此，谁敢来决一死战！"声如巨雷，连喝三声，曹军吓得落荒而逃。

【赏析】

这首诗出自《三国演义》第六十一回《赵云截江夺阿斗　孙权遗书退老瞒》。

这是赞颂张飞助赵云夺回阿斗的一首诗。赵云夺回阿斗，却无法移船靠岸，恰巧张飞率船赶来。张飞斩杀孙权亲信周善，抱起阿斗，与赵云一起回船，仅放孙夫人回到江东。这首诗以张飞在长坂桥助赵云救主，勇退曹军之事开篇，以这次在大江上助赵云夺回阿斗，当青史留名结尾，赞颂了张飞的忠肝义胆、英勇无敌。"长坂桥边怒气腾"，着一"腾"字，将不尽的怒气化无形为有形，形象生动，具体可感。而"一声虎啸退曹兵"则极尽夸张之能事，将张飞"一夫当关，万夫莫开"的英雄气概表现得淋漓尽致。寥寥数语，让我们看到了一个虎目圆睁、威风凛凛的猛将形象。

原　文

63. 天狗流星坠

古岘①相连紫翠堆，
士元②有宅傍山隈③。
儿童惯识呼鸠曲，
闾巷曾闻展骥才④。
预计三分平刻削，
长驱万里独徘徊。
谁知天狗流星坠⑤，
不使将军衣锦回。

【注释】

①　古岘（xiàn）：指岘山，地处襄阳。
②　士元：庞统，字士元。③　山隈（wēi）：山弯曲的地方。④　骥才：比喻杰出的才能。鲁肃曾写信向刘备推荐庞统，称"庞士元非百里才也，使处治中、别驾之任，始当展其骥足耳"。⑤　天狗流星坠：指陨星。古人认为天狗坠是破军杀将的凶兆。

【赏析】

这首诗出自《三国演义》第六十三回《诸葛亮痛哭庞统　张翼德义释严颜》。

庞统在落凤坡中箭身死，年仅三十六岁。这首七言律诗是庞统短暂一生的写照。襄阳岘山背靠巍巍大荆山，层峦叠翠、景色雄美，庞统的故居依山而建，就在山的弯曲之处。那里的街头巷尾都流传着他施展雄才大略的故事。庞统投在刘备麾下做军师期间，想要建功立业，屡次献计，颇受重视。在随刘备入蜀夺取西川的过程中，他立功心切，执意进军，最后在"落凤坡"中伏，抱憾而终，没能衣锦还乡。

"预计三分平刻削，长驱万里独徘徊。谁知天狗流星坠，不使将军衣锦回。""预计"与"谁知"遥遥相对，彼此呼应，蕴含着对庞统壮志未酬的遗憾和人生无常的感慨；"长驱万里"与"独徘徊"形成对比，庞统一直急欲进兵，唯独在落凤坡徘徊了片刻，在这种对比中，"独"字情感鲜明，流露出对庞统英年早逝的叹惋之情。

原文

64. 凤死落坡东

一凤并一龙①，

相将到蜀中。

才到半路里，

凤死落坡东②。

风送雨，雨随风，

隆汉兴时蜀道通，

蜀道通时③只有龙。

【注释】

① 一龙：代指诸葛亮。诸葛亮被称为"卧龙"。② 凤死落坡东：庞统号称"凤雏"，此句暗指庞统身死落凤坡之事。③ 蜀道通时：指刘备、诸葛亮等人率军进入蜀地，攻下益州之时。

【赏析】

这首童谣出自《三国演义》第六十三回《诸葛亮痛哭庞统　张翼德义释严颜》。

这是讲庞统被张任乱箭射死在落凤坡的东南童谣。庞统和诸葛亮齐名，均属刘备麾下。庞统追随刘备较晚，迫切希望能有所作为。后来，他随刘备入蜀，欲夺西川。他争功冒进，不听诸葛亮之言，决意抄小路袭击，不料在落凤坡中伏，还未帮刘备夺取蜀地就被射死。庞统死后，诸葛亮从荆州赶赴蜀地，最终助刘备夺取蜀地。

这首童谣言简意赅，将庞统半路身死，而诸葛亮与刘备一路相随、建立功业的故事极生动、极清晰地讲述出来。童谣以"龙""凤"指称，又与小说中紫虚上人的偈语"雏凤坠地，卧龙升天"相应和，平添了几分神话色彩。值得一提的是，这首童谣韵脚清晰，音韵和谐，朗朗上口，易于记诵，便于流传。

原　文

65. 赞严颜

白发居西蜀，
清名震大邦。
忠心如皎月，
浩气卷长江。
宁可断头死，
安能屈膝降？
巴州年老将①，
天下更无双。

【注释】

① 巴州年老将：指严颜。

【赏析】

这首诗出自《三国演义》第六十三回《诸葛亮痛哭庞统　张翼德义释严颜》。

这是赞颂巴蜀老将严颜忠正磊落、坚守气节的一首诗，刻画了严颜年老却不气衰，困厄犹不失风骨的高大形象。

当时，刘璋麾下老将严颜为巴蜀太守，他守城有方，致使张飞兵临城下却不得入内。张飞屡次用计，严颜均不理会。后来，张飞使一计策，故意泄密给敌方探子，严颜中计被俘，但他全无惧色，宁死不降，呵斥张飞："但有断头将军，无降将军！"

"忠心如皎月，浩气卷长江。"诗人以"皎月"取譬，赞颂严颜心底无私、忠心无瑕，以江水翻卷突显其正气凛凛。"宁可断头死，安能屈膝降？"的反问更添铿锵之声。宁肯断头而死，绝不屈膝投降，严颜的铮铮铁骨在这毫不犹豫的抉择中熠熠闪光，其忠肝义胆、勇毅豪迈的老将形象也被刻画得栩栩如生。

原 文

66. 烈士岂甘从二主

烈士岂甘从二主，
张君①忠勇死犹生。
高明正似天边月，
夜夜流光照雒城②。

【注释】

① 张君：指张任，他是刘璋麾下的大将。② 雒（luò）城：位于今四川广汉辖区内。

【赏析】

这首诗出自《三国演义》第六十四回《孔明定计捉张任　杨阜借兵破马超》。

这是歌颂张任忠勇不屈的一首诗。张任极具胆略，堪称一代将才，他在金雁桥战败被俘，后拒降被杀。他的忠贞不屈在《三国演义》中是很少见的。大将严颜因"但有断头将军，无降将军！"之语而名垂青史，而真正践行这句话的正是蜀中大将张任。他从被捕到被劝降直至被斩杀，一直怒叫高骂，真乃铁骨铮铮的英雄！

这首诗先以忠烈之士不甘心侍奉二主之语来表现张任的忠贞，接着又直抒胸臆，赞颂张任忠勇不屈，虽死犹生。最妙的是三、四两句，用高悬天边的明月来比喻张任精神的崇高和光明，并用"夜夜流光照雒城"来表现其对后世产生的深远影响和积极作用。

原　文

67. 单刀赴会

藐视吴臣①若小儿，
单刀赴会②敢平欺。
当年一段英雄气，
尤胜相如在渑池③。

【注释】

① 吴臣：指东吴孙权麾下的鲁肃等人。② 单刀赴会：指关羽独驾小舟，只带一口刀和少数随从赴东吴宴会。③ 相如在渑（miǎn）池：战国时赵国的蔺相如智勇双全，胆略过人，在渑池会上不畏秦王，多谋善辩，不辱国体，立下大功。

【赏析】

这首诗出自《三国演义》第六十六回《关云长单刀赴会　伏皇后为国捐生》。

这是赞颂关羽胆识过人、足智多谋的一首诗。刘备吞并西川后，孙权想索回荆州，但索要无果。后来他采纳了鲁肃的计策，邀请关羽赴宴，准备借机以武力逼关羽就范。宴会前，吕蒙、甘宁领兵埋伏在岸边，随时待命。而关羽自信从容，单刀赴会。宴会上，关羽急中生智，假装醉酒，一手提着青龙偃月刀，一手趁机挽住鲁肃的手，扯着鲁肃来到江边。甘宁等人怕鲁肃被伤，不敢妄动，只能眼睁睁看着关羽乘船离去。

这首诗以关羽藐视东吴群臣开篇，通过他单刀赴会的举动，突显了他自信满满、谈笑风生、豪气干云的英雄形象。又借"渑池之会"的典故，衬托关羽的神勇豪迈，"尤胜"二字，使得赞颂之情溢于言表。

原 文

68.骂名千载笑龙头

华歆①当日逞凶谋，
破壁生将母后②收。
助虐一朝添虎翼，
骂名千载笑龙头③！

【注释】

① 华歆：汉末魏初时名士，先事孙权，后归顺曹操。② 母后：指汉献帝的皇后，即伏皇后。③ 龙头：指华歆。东汉末年三位名士合称为一龙，华歆为龙头，邴原为龙腹，管宁为龙尾。

【赏析】

这首诗出自《三国演义》第六十六回《关云长单刀赴会　伏皇后为国捐生》。

这是讽刺华歆趋炎附势，助纣为虐的一首诗。"华歆当日逞凶谋，破壁生将母后收"，寥寥两句诗写清楚了华歆收捕伏皇后一事。当时，曹操气焰日益嚣张，伏皇后联系父亲伏完密谋灭杀曹操。事情泄露后，伏皇后躲在所住宫室的夹壁中，担任尚书令的华歆命甲兵砸碎墙壁搜寻，还亲自揪着伏皇后的头发把她拖了出来。诗中一个"逞"字，形象地刻画了华歆狗仗人势、好勇斗狠、谄媚逢迎的丑恶嘴脸；而一个"生"字，又突显了他的冷漠无情、残忍狠毒。"助虐一朝添虎翼，骂名千载笑龙头！"则指出了华歆助纣为虐，使曹操如虎添翼的事实，突显了华歆行事之卑劣，影响之恶劣。这样的人，又怎能担得起"龙头"之称？无怪乎千百年来，华歆一直被世人耻笑。

69.管宁白帽自风流

辽东传有管宁楼①，
人去楼空②名独留。
笑杀子鱼③贪富贵，
岂如白帽④自风流。

【注释】

①　管宁楼：东汉末年，天下大乱，管宁曾到辽东避难，在一所山谷中筑庐居住，所建茅庐后被称为"管宁楼"。②　人去楼空：魏文帝继位后，征召管宁，把他的家属迁回北海故乡。③　子鱼：华歆，字子鱼，曹魏重臣。④　白帽：管宁避居辽东时，常戴高大的白帽，以示自己清白高雅，终身不仕。

【赏析】

这首诗出自《三国演义》第六十六回《关云长单刀赴会　伏皇后为国捐生》。

这是赞颂管宁淡泊名利、品行高洁的一首诗。管宁与华歆都是东汉末年的名士，年轻时曾是同席而读的好友。后来，管宁通过"拾金"与"观仪"两件事，发现自己和华歆志趣不同，便割席断交。后来避居辽东时，管宁只谈经典不谈政事，只见学者不见英雄，虽多次被征召，却终身不仕。

"辽东传有管宁楼，人去楼空名独留"，诗人用高度凝练的语言概括了管宁令人景仰的一生。而"笑杀子鱼贪富贵，岂如白帽自风流"，将华歆和管宁并举，借助鲜明的对比，表达了对管宁坚守节操、终身不仕的钦慕与赞叹。"岂如"式的反问句加强了语气，使感佩之情愈加强烈；"笑"字表达了对华歆贪慕富贵、汲汲于名利的嘲讽，"自"字则流露出一种潇洒超脱的韵味。

原 文

70. 逍遥津上玉龙飞

的卢①当日跳檀溪，
又见吴侯②败合淝。
退后着鞭驰骏骑，
逍遥津上玉龙飞。

【注释】

① 的（dí）卢：刘备的坐骑。② 吴侯：指孙权。

【赏析】

这首诗出自《三国演义》第六十七回《曹操平定汉中地　张辽威震逍遥津》。

逍遥津一战，曹操麾下大将张辽率领将士奋勇抗吴，以少胜多。这就是写孙权仓皇之中策马逃命的一首诗。

这首诗由刘备的坐骑的卢马写起，当年刘备遇险，幸亏坐骑一跃跳过数丈宽的檀溪，帮助刘备摆脱追兵。接着交代了孙权争夺合淝时，被张辽等人打败之事，一个"又"字，写出了历史事件惊人的相似，暗示了宝马良驹对孙权逃命也有至关重要的作用。三、四两句则直接描写了孙权策马腾跃断桥的情形：只见孙权先退后三丈多远，再纵辔加鞭，马儿就疾驰而来，腾空跃起，一跳就飞过了断桥。战马矫健潇洒的身姿犹如玉龙在逍遥津上飞渡一般，这个比喻生动、形象，使战马腾跃瞬间的神采与风姿如在眼前。

原 文

71. 百翎直贯曹家寨

鼙鼓^①声喧震地来，
吴师^②到处鬼神哀！
百翎^③直贯曹家寨，
尽说甘宁虎将才。

【注释】

① 鼙（pí）鼓：古代军队中用的小鼓。② 吴师：东吴军队。③ 百翎：代指百员战将。翎，古代武将头上装饰用的鸟羽。

【赏析】

这首诗出自《三国演义》第六十八回《甘宁百骑劫魏营 左慈掷杯戏曹操》。

当时，曹操亲自率领四十万大军来救合淝。孙权麾下大将甘宁带领百骑袭击曹营，大获全胜。这就是赞颂甘宁胆略过人、骁勇善战的一首诗。

诗歌开篇先以夸张手法营造战鼓声声动地来的紧张气氛，写出了曹操大军压境的迫人声势，又通过描写东吴军队"鬼神哀"的状态，突显了紧张而又危急的情势。关键时刻，甘宁领命破敌，带领一百精锐人马，取一百根白鹅翎插在头盔上，袭劫曹营。他身先士卒，无人敢挡，一百精锐人马"纵横驰骤"，使曹兵惊慌无措，而甘宁未折一人一骑。"直贯"二字，表现了甘宁等人势不可挡的勇猛和锐气。

这首诗前两句写曹操的军威之盛，后两句写甘宁对敌之勇，通过力量悬殊的强烈对比，突出了甘宁的"虎将才"。

原 文

72. 赞黄忠

苍头①临大敌，

皓首逞神威。

力趁雕弓发，

风迎雪刃挥。

雄声如虎吼，

骏马似龙飞。

献馘②功勋重，

开疆展帝畿③。

【注释】

① 苍头：指白发，与下一句的"皓首"同义。② 馘（guó）：古代战争中割掉敌人的左耳来计数献功，也指割下的左耳。③ 帝畿（jī）：指京都或京都及其附近地区。

【赏析】

这首诗出自《三国演义》第七十一回《占对山黄忠逸待劳 据汉水赵云寡胜众》。

刘备麾下的老将黄忠在攻打汉中的战争中，主动请战，大败曹军，又乘胜大战定军山，斩杀曹营大将夏侯渊。这就是赞颂黄忠老而犹壮，功勋赫赫的一首诗。

开头两句"苍头临大敌，皓首逞神威"，刻画了老将黄忠宝刀不老的英雄形象。"苍头""皓首"均写出了黄忠年迈的特点，而"临大敌""逞神威"则表现了这位老将壮心不已、威风凛凛的英雄气概。接下来的四句诗"力趁雕弓发，风迎雪刃挥。雄声如虎吼，骏马似龙飞"，从不同角度铺排描写了黄忠的勇猛无双，更以"如虎吼""似龙飞"的生动比喻，极其传神地表现他的神勇。最后两句"献馘功勋重，开疆展帝畿"，以评价黄忠的功绩作为本诗结尾，称赞他为蜀汉立下的汗马功劳。

73. 常山赵子龙

昔日战长坂，
威风犹未减。
突阵①显英雄，
破围施勇敢。
鬼哭与神号，
天惊并地惨②。
常山赵子龙，
一身都是胆。

【注释】

① 突阵：指突破曹军的包围。② 天惊并地惨：天昏地暗。

【赏析】

这首诗出自《三国演义》第七十一回《占对山黄忠逸待劳　据汉水赵云寡胜众》。

这是歌颂赵云救黄忠、拒汉水的一首诗，刻画了赵云勇武绝伦、有胆有谋的形象。

夏侯渊被黄忠斩杀，曹操大怒，率二十万大军前来报仇。黄忠深入曹军，前去劫烧粮草，结果被困垓心。赵云见黄忠午时不归，便依照约定前去接应。他挺枪骤马，杀入重围，左冲右突，曹营张郃、徐晃等大将不敢迎战，赵云所向披靡，救出了黄忠。"突阵显英雄，破围施勇敢"，在营救过程中，赵云重振长坂坡之威，显出了无双的英雄气概。曹操见赵云所向无敌，救走了黄忠，亲自率领将士前来追赶。赵云让弓弩手埋伏在寨外的沟壕中，单枪匹马立在营门之外。追赶而来的曹将张郃、徐晃惊疑不定，曹操催军队向前，曹兵见赵云屹然不动，吓得转身逃跑。赵云便趁机发令，弓弩齐发，此时天色已晚，又听喊声大震，曹兵自相践踏，死伤不计其数，正是"鬼哭与神号，天惊并地惨"。

这首诗前半部分写赵云救黄忠的勇猛无敌之势，后半部分写赵云汉水拒曹兵的神机妙算之智，表现了赵云胆识过人、本领高强的特点，正如最后两句所赞美的那样："常山赵子龙，一身都是胆。"

原　文

74.杨修之死

聪明杨德祖①，

世代继簪缨②。

笔下龙蛇③走，

胸中锦绣④成。

开谈惊四座，

捷对⑤冠群英。

身死因才误，

非关欲退兵。

【注释】

① 杨德祖：杨修，字德祖。② 簪（zān）缨：原指古代达官贵人的冠饰，簪为文饰，缨为武饰。后借指高官显宦。③ 龙蛇：此处指书法笔势蜿蜒盘曲。④ 锦绣：此处用来形容有华彩的文章。⑤ 捷对：敏捷的应答能力。

【赏析】

这首诗出自《三国演义》第七十二回《诸葛亮智取汉中　曹阿瞒兵退斜谷》。

杨修聪慧过人，才华横溢，却又心高气傲，恃才放旷，被曹操以"扰乱军心"的罪名处死。这首诗是对杨修一生的概括和评价，有赞赏之意，也有叹惋之情。

诗歌一开篇便指明了杨修聪明过人的特点和世代均为达官显宦的家世。接下来又通过"笔下龙蛇走，胸中锦绣成。开谈惊四座，捷对冠群英"的铺排描写，淋漓尽致地表现了杨修超群的才华。他书法不凡，文章锦绣，见识超群，反应迅捷，真乃一代人杰！这几句诗一气贯注，加强了语势，表达了强烈的赞叹之情。然而，杨修最终因触怒曹操被杀，年仅三十四岁。汉中大战，曹操接连失利。某夜，他见碗中有鸡肋，便随口以"鸡肋"为夜间口令。杨修推测曹操有退兵之意，而曹操斥其惑乱军心，将其斩杀。不过，从最后一联"身死因才误，非关欲退兵"可以看出，作者认为"鸡肋事件"不过是个由头，恃才傲物才是杨修落得悲剧结局的根本原因。

原 文

75. 赞关羽

汉末才无敌，
云长①独出群：
神威能奋武，
儒雅更知文。
天日心如镜，
《春秋》义薄云。
昭然垂万古，
不止冠②三分。

【注释】

　　① 云长：关羽的字。② 冠（guàn）：居第一位。

【赏析】

　　这首诗出自《三国演义》第七十七回《玉泉山关公显圣　洛阳城曹操感神》。

　　关羽败走麦城，被孙权麾下的马忠擒获。面对孙权的招降，关羽厉声斥骂，誓死不降，最终与儿子关平双双遇害。

　　东汉末年人才济济，英雄辈出，而这首诗把关羽放在了无人匹敌、鹤立鸡群的绝高位置。他既文韬武略，又忠肝义胆。"神威能奋武，儒雅更知文。天日心如镜，《春秋》义薄云"四句，言简意赅，掷地有声，仿佛让我们看到了关羽那刚毅勇猛、风度儒雅、胆识非凡、重情重义的高大形象；也让我们情不自禁地想起了温酒斩华雄、夜读《春秋》、千里走单骑、单刀赴会、水淹七军、刮骨疗伤等动人的故事。如此英雄人物，自然魅力无限，让人心生崇敬之情。这首诗以"昭然垂万古，不止冠三分"作结，高度赞扬了关羽。

原 文

76. 士民争拜汉云长

人杰惟追古解良①，

士民争拜汉云长。

桃园②一日兄和弟，

俎豆③千秋帝与王。

气挟风雷无匹敌，

志垂日月有光芒。

至今庙貌④盈天下，

古木寒鸦几夕阳。

【注释】

① 古解良：指关羽，他是河东解良（今山西运城）人。古人常用出生地或为官地指代人名，如刘备被称为刘豫州。② 桃园：刘备、关羽、张飞在桃园义结金兰。③ 俎（zǔ）豆：俎和豆是古代祭祀、宴飨时盛食物用的两种礼器，后来也引申为祭祀和崇奉之意。④ 庙貌：庙宇及神像。

【赏析】

这首诗出自《三国演义》第七十七回《玉泉山关公显圣　洛阳城曹操感神》。

关羽虽死，但他"忠义神武"的形象却越来越深入人心，这就是表现他深远的影响力的一首诗。

"人杰惟追古解良，士民争拜汉云长"，形象地写出了关羽威望之高，影响之大。其中"惟追""争拜"两个词用得巧妙精准，写出了世人对关羽的推崇之盛。"桃园一日兄和弟"表现的是"义"，"俎豆千秋帝与王"表现的是"忠"，"气挟风雷无匹敌"表现的是"勇"。正是这种"义、忠、勇"的精神成就了关羽不平凡的一生，使其英名与日月同辉；也正是这种"义、忠、勇"的精神，使得关羽被推为忠肝义胆、刚毅勇猛的"武圣"，成为老百姓的精神寄托，乃至出现了"至今庙貌盈天下"的现象。

【注释】

① 赤心：赤诚的心。② 赤兔：马名，关羽坐骑。③ 赤帝：此处代指刘备。刘邦起兵时自称是赤帝之子，而刘备是汉王朝的后裔。④ 青灯观青史：指关羽夜读《春秋》事。⑤ 青龙偃月：关羽的兵器。刀长九尺五寸，重八十二斤，刀身上有蟠龙吞月的图案。⑥ 隐微处：指隐秘微小、别人不易察觉之处。

【赏析】

这副对联出自《三国演义》第七十七回《玉泉山关公显圣　洛阳城曹操感神》。

这是题在玉泉山关公庙上的一副对联，对仗工整，音韵和谐，关羽刚勇神武、儒雅中正的形象跃然纸上，对关羽的赞美之情也溢于言表。

这副对联整体上属于同类对（正对），上下联的内容互为关联，相互补充，精准地概括和评价了关羽的外貌、坐骑、兴趣、兵器、心性品德等方面的特点。如"驰驱时、无忘赤帝""隐微处、不愧青天"，寥寥数语就把关羽勇猛威武、忠贞不贰、光明磊落、无愧天地的英雄形象表现了出来。

对联还巧妙地运用了颜色重字对的技巧，四"赤"（赤面、赤心、赤兔、赤帝）对四"青"（青灯、青史、青龙、青天），妙趣横生，令人回味无穷。

原　文

77. 赤面秉赤心

赤面秉赤心①、骑赤兔②追风，驰驱时、无忘赤帝③。

青灯观青史④、仗青龙偃月⑤，隐微处⑥、不愧青天。

原 文

78.华佗之死

华佗仙术比长桑①，
神识如窥垣一方②。
惆怅人亡书亦绝，
后人无复见《青囊》！

【注释】

① 长桑：指战国名医扁鹊的老师长桑君。② 窥垣（yuán）一方：《史记·扁鹊仓公列传》中记载："扁鹊以其言饮药三十日，视见垣一方人。"意即扁鹊按照老师长桑君的话喝药，三十天后能隔墙见人，能透视病人的五脏六腑，发现隐病恶疾。垣，墙。

【赏析】

这首诗出自《三国演义》第七十八回《治风疾神医身死　传遗命奸雄数终》。

曹操头疼难忍，听从华歆建议，请华佗前来治病。当他听说要开颅医治，疑心华佗借机害他，又得知华佗曾为关羽刮骨疗毒，疑心更重，不但拒绝治病，还拷问华佗，使其死在狱中。这首诗就是后人感叹华佗之死而作的。

华佗素有神医之名，"华佗仙术比长桑，神识如窥垣一方"，就写出了华佗医术之高妙。先将他的"医术"称为"仙术"，又用战国名医扁鹊的老师长桑君来做衬托，其妙手回春之能可见一斑，最后更以"神识窥垣"来具体表现他神乎其神的医术，盛赞之情浓烈。然而就是这样一代神医，因为曹操的猜忌而送命，实在令人痛惜！后两句"惆怅人亡书亦绝，后人无复见《青囊》"，情感直转而下，由赞叹变成了叹惋甚至悲怆。华佗临死前，将所著医书《青囊书》赠给了一位心善的狱卒，希望他能继承自己的医术。谁知，狱卒尚未开始学习，此书就被他的妻子焚烧殆尽了。自此，华佗的医书绝迹，医术失传。诗中叹惋之情绵绵不绝，痛惜之意淋漓尽致。

原　文

79. 邺中歌

邺则邺城①水漳水，
定有异人从此起：
雄谋韵事与文心②，
君臣兄弟而父子；
英雄未有俗胸中，
出没岂随人眼底？
功首罪魁非两人，
遗臭流芳本一身；
文章有神霸有气，
岂能苟尔化为群③？
横流筑台距太行④，
气与理势相低昂⑤；
安有斯人不作逆⑥，
小不为霸大不王？
霸王降作儿女鸣，
无可奈何中不平；
向帐⑦明知非有益，
分香⑧未可谓无情。
呜呼！
古人作事无巨细，
寂寞豪华皆有意；
书生轻议冢⑨中人，
冢中笑尔书生气！

【注释】

①邺（yè）城：在今河北临漳。曹操攻破袁绍后，把邺城作为都城。② 雄谋韵事与文心：形容文武兼备。③ 岂能苟尔化为群：怎么能随随便便和众多庸庸碌碌的人混在一起呢？④ 横流筑台距太行：截断黄河，在上面筑起铜雀台，背靠太行山。⑤ 气与理势相低昂：指台阁与地势相配合，起伏有致。⑥ 逆：谋逆，逆反。⑦ 向帐：指曹操临终前命诸妾多居铜雀台中一事。⑧ 分香：指曹操临终前令近侍取所藏名香分赐诸侍妾一事。⑨ 冢：坟墓。

【赏析】

这首诗出自《三国演义》第七十八回《治风疾神医身死　传遗命奸雄数终》。

这首《邺中歌》高度凝练地概括了曹操的一生。前半部分大开大合，书写了曹操英雄的气质、横溢的才华、多变的性格、不朽的功业，着力表现他的大雄大奸；后半部分笔锋一转，借"向帐"和"分香"两件事，表现曹操的儿女情长，展现了他性格中充满人情的另一面，曹操的形象就更丰富、更立体了。

原 文

80. 七步诗

〔三国魏〕曹 植

煮豆燃豆萁①，
豆在釜②中泣。
本是同根生，
相煎③何太急！

【注释】

① 豆萁（qí）：豆秸。② 釜（fǔ）：古代的一种锅。③ 相煎：逼迫，折磨。

【赏析】

这首诗出自《三国演义》第七十九回《兄逼弟曹植赋诗　侄陷叔刘封伏法》。

曹丕继位后想加害曹植，但碍于母亲卞氏哭诉恳求，不能肆意而为，就想借作诗之名治曹植死罪。曹植按要求在七步之内作了一首诗，曹丕又生一计，让曹植以"兄弟"为题作诗。曹植不假思索，口占一诗，即为此诗。

这首诗以同根相生的豆和豆萁作比，借豆秸烧火煮豆子，来揭露兄弟相残的现象，深入浅出地反映了封建统治集团内部的残酷斗争。诗中曹植以豆自喻，"豆在釜中泣"一句表现了自己遭受迫害的悲惨境遇和悲怆的心情。"本是同根生，相煎何太急！"则是他对曹丕残害手足的不满与控诉，结合当时的情况看，这也未尝不是曹植含蓄的求饶之语。整首小诗生动形象、感人至深，连曹丕也忍不住潸然泪下。

曹丕企图借作诗之名杀害曹植，而曹植出口成章、举步为诗，更衬托出曹丕的阴险狠毒，曹植的聪敏绝伦。小说情节因这首小诗而焕发光彩，这首小诗也因小说情节而更添意蕴。

原　文

81. 张飞之死

安喜曾闻鞭督邮①，
黄巾扫尽佐炎刘②。
虎牢关上声先震，
长坂桥边水逆流。
义释严颜安蜀境，
智欺张郃③定中州。
伐吴未克身先死④，
秋草长遗阆地⑤愁。

【注释】

① 鞭督邮：小说第二回中，张飞听说督邮迫勒刘备，就将督邮鞭打一通。② 佐炎刘：辅佐汉朝。汉朝皇帝姓刘，自称因火德称王，故称炎刘。③ 张郃（hé）：三国时魏国大将，因功升车骑将军。④ 伐吴未克身先死：张飞得知关羽遇害，报仇心切，不料尚未兴兵伐吴，帐下将领范疆和张达就趁他醉酒酣睡，将他杀死。⑤ 阆（làng）地：指阆中，张飞在此被害。

【赏析】

这首诗出自《三国演义》第八十一回《急兄仇张飞遇害　雪弟恨先主兴兵》。

这是写张飞的一首诗。前六句以高度概括的诗句列举了张飞的英雄功绩，生动形象地刻画了"猛张飞"的典型形象。开篇就提到了张飞"怒鞭督邮"的事件，突显了他粗犷鲁莽的性格特点。而虎牢关上战吕布，长坂桥边退曹兵，巴蜀之郡擒严颜，瓦口关隘败张郃，这些描写把张飞勇猛神武、粗中有细的特点表现得淋漓尽致。"声先震""水逆流"写得极具威势，极其夸张，使张飞横矛立马、声若巨雷的风采如在眼前。最后两句"伐吴未克身先死，秋草长遗阆地愁"则流露出对张飞没能马革裹尸，却死于非命的同情和惋惜。

原 文

82. 老将说黄忠

老将说黄忠，
收川立大功。
重披金锁甲，
双挽铁胎弓。
胆气惊河北①，
威名镇蜀中。
临亡头似雪，
犹自显英雄。

【注释】

① 河北：黄河以北，指曹操的辖区。

【赏析】

这首诗出自《三国演义》第八十三回《战猇（xiāo）亭先主得仇人 守江口书生拜大将》。

黄忠是《三国演义》中着力刻画的老将形象，他投在刘备麾下时已年近六旬，但仍有万夫不当之勇，威猛逼人。这首诗就表现了黄忠作为老将威震曹军、扬名蜀川的英雄气概。

诗从功绩、神采、影响等不同的角度刻画黄忠的形象。先指明他为刘备夺取西川立下了汗马功劳，与"老将"身份形成对比，突出了他的老而有为。接着以"重披金锁甲，双挽铁胎弓"来描写黄忠飒爽孔武的风姿和气魄。而"胆气惊河北，威名镇蜀中"这两句诗里，一"惊"一"镇"对举而出，用语老辣，写曹营兵将对他望而生畏，蜀汉将士则对他万分钦佩。最后两句"临亡头似雪，犹自显英雄"直抒胸臆，表达了真挚的赞美之情。

【注释】

　　① 甘兴霸：即甘宁，兴霸是他的字。② 仇雠（chóu）：仇人，敌人。③ 将（jiàng）：带领。④ 瓯（ōu）：我国古代的一种酒器，形为敞口小碗式。

【赏析】

　　这首诗出自《三国演义》第八十三回《战猇亭先主得仇人　守江口书生拜大将》。

　　这是赞美东吴大将甘宁的一首诗。诗从甘宁少年时好游侠，纠集人马纵横江湖之中，被称"锦帆贼"写起，又以甘宁被箭射中，死于树下，群鸦绕尸，孙权为他立庙祭祀作结。而"酬君重知己，报友化仇雠。劫寨将轻骑，驱兵饮巨瓯"则生动地概括了甘宁平生的几件大事，突显了他鲜明的性格特点。甘宁早年曾受苏飞恩惠，后来孙权出兵江夏，杀黄祖、捉苏飞，甘宁便不惜以自己的官爵为代价替苏飞赎罪。另外，甘宁与凌统有杀父之仇，凌统多次公开寻仇生事，但危急时刻，甘宁不计前嫌，仍然毫不犹豫地援救凌统，自此二人成为生死之交。"酬君重知己，报友化仇雠"这两句诗表现的就是甘宁这种知恩图报、重情重义、胸怀大度、善解矛盾的性格特点。而"劫寨将轻骑，驱兵饮巨瓯"则写出了甘宁"百翎贯寨"的胆识和智慧。甘宁用置生死于度外的豪情和身先士卒、英勇果敢的行动鼓舞士气，最终"百翎直贯曹家寨"，袭击大获成功。

83.吴郡甘兴霸

吴郡甘兴霸①，
长江锦幔舟。
酬君重知己，
报友化仇雠②。
劫寨将③轻骑，
驱兵饮巨瓯④。
神鸦能显圣，
香火永千秋。

原 文

84.火烧连营

持矛举火破连营^①，
玄德穷^②奔白帝城。
一旦威名惊蜀魏，
吴王宁不敬书生^③。

【注释】

① 连营：指刘备令大军在树木茂密之处安营扎寨，共四十多营，纵横七百多里。
② 穷：处境艰难，此处指刘备兵败。③ 书生：指陆逊。

【赏析】

这首诗出自《三国演义》第八十四回《陆逊营烧七百里　孔明巧布八阵图》。

这是描写陆逊在夷陵之战中神机妙算，出奇制胜，火烧连营，大破蜀军的一首诗。

刘备为报关羽、张飞之仇，亲统精兵七十余万伐吴，东吴将领陆逊临危受命。对战中，陆逊坚守不出。因天气炎热，取水不便，刘备就让军队转移到树木茂密之处安营扎寨，造成了七百里连营的局面。陆逊闻之大喜，出奇计火烧连营，蜀军大乱，兵败如山倒，刘备仓皇逃往白帝城。此战之后，蜀国元气大伤，而陆逊这位鲜为人知的"书生"，则因此战声名鹊起，成为江东英杰。"一旦威名惊蜀魏，吴王宁不敬书生"，浓烈的赞美之情溢于言表！

原　文

85. 八阵图

〔唐〕杜　甫

功盖①三分国，
名成八阵图②。
江流石不转③，
遗恨失吞吴④。

【注释】

①　盖：超过。②　八阵图：诸葛亮推演兵法，聚石布成八阵图。③　石不转：八阵图的石头受江水冲击，但数百年来屹然不动。④　失吞吴：指刘备吞吴失策。

【赏析】

这首诗出自《三国演义》第八十四回《陆逊营烧七百里　孔明巧布八阵图》。

这是杜甫初到夔州时咏怀诸葛亮而写的一首诗。前两句极凝练地赞颂了诸葛亮的丰功伟绩，说他在蜀国与魏、吴两国三分天下的过程中，功勋最大，更以自创的"八阵图"名垂古今。这两句诗对仗精巧而工整，"三分国"对"八阵图"，以全局性的业绩对军事上的贡献，显得自然妥帖。后二句则是凭吊遗址，抒发感慨。对刘备吞吴失策，国势从此衰颓，诸葛亮再也难以一力回天表示惋惜。其中，"江流石不转"写出了布成八阵图的石头数百年来屹然不动这一富有神奇色彩的现象。诸葛亮对蜀汉的忠贞不贰、鞠躬尽瘁，就如同这石头一般，久经江水冲击，却从不动摇。可惜"遗恨失吞吴"，刘备吞吴失策，王图霸业功败垂成，诸葛亮虽满腹韬略，却也无力回天，徒留遗恨。

这首诗在内容上，既是怀古，又是抒怀，怀古和抒怀融为一体，给人一种此恨绵绵、余味不尽的感觉，在绝句中别树一帜。

原　文

86. 咏怀古迹五首（其四）

〔唐〕杜　甫

蜀主窥吴①向三峡，
崩②年亦在永安宫。
翠华③想像空山外，
玉殿④虚无野寺中。
古庙⑤杉松巢水鹤，
岁时伏腊⑥走村翁。
武侯祠⑦屋长邻近，
一体君臣祭祀同。

【注释】

① 窥吴：兴兵讨伐东吴。② 崩：帝王死称为崩。③ 翠华：皇帝的仪仗。④ 玉殿：此指永安宫。⑤ 古庙：刘备的祀庙，即昭烈庙。⑥ 岁时伏腊：指一年四季时节更换之时。伏腊，古代两种祭祀的名称，"伏"在夏季伏日，"腊"在农历十二月。⑦ 武侯祠：诸葛亮的祀庙，因诸葛亮被刘禅封为武乡侯而得名。

【赏析】

这首诗出自《三国演义》第八十五回《刘先主遗诏托孤儿　诸葛亮安居平五路》。

这是杜甫在夔州时写的一首咏怀诗。前两联写对刘备之死的感慨，后两联写了刘备祀庙周围的光景。

刘备伐吴，沿江而下，结果兵败夷陵，次年死于永安宫。英雄逝去，今昔巨变，威赫显贵无觅处。杜甫游临故地，触景生情，有叹愧，有伤悲，有追念。其中，"亦在"二字意蕴丰富。想当年，刘备兴兵到夔关时曾"驾屯白帝城"，兵败后又仓皇逃往白帝城并死在那里。虽同在永安宫，但锐意挥师与黯然身死形成鲜明对比，暗含遗憾之情、反讽之意。

昭烈庙的杉松郁郁葱葱，水鹤筑巢而居，村民时常前来祭祀，祀庙香火不断。在杜甫看来，刘备和诸葛亮生前因时遇合，死后祠庙又毗邻而建，受人共祭，君臣契合，千古难逢。"武侯祠屋长邻近，一体君臣祭祀同"一联，既有对古人的感慕，也有对自己怀才不遇的悲叹。

87. 咏史诗·泸水

〔唐〕胡　曾

五月驱兵入不毛①，
月明泸水瘴烟②高。
誓将雄略酬三顾③，
岂惮④征蛮七纵劳。

【注释】

①　不毛：指荒瘠未开垦的地方。②　瘴烟：瘴气，南方山林中能致病的湿热空气。③　酬三顾：报答刘备三顾茅庐的知遇之恩。④　惮：害怕。

【赏析】

这首诗出自《三国演义》第八十八回《渡泸水再缚番王　识诈降三擒孟获》。

这是描写诸葛亮亲征南方叛乱之地的诗，但并没有记述他平定南中数州的全过程，而是选取了"七擒孟获"这个典型事件加以表现。诸葛亮为了长治久安，决定釜底抽薪，从根本上解决叛乱。他将孟获七擒七纵，终于使孟获诚心归服。诗中，"不毛"生动写出了南方的荒僻，"瘴烟"则具体指明了环境的恶劣和对敌的艰难。诸葛亮不顾朝臣劝阻，以辅国重臣之身，亲自涉险。他历经艰难，践行"南抚夷越"的"隆中方略"，就是为了"扫荡蛮方，然后北伐，以图中原，报先帝三顾之恩，托孤之重"，又怎么会害怕"七擒孟获"的劳苦？诗歌以反问作结，抒发了对诸葛亮从容睿智、用兵如神的叹服，以及对他忠心辅政、事必躬亲的赞颂。

原　文

88.赤帝施权柄

赤帝①施权柄②，
阴云不敢生。
云蒸③孤鹤喘，
海热巨鳌惊。
忍舍④溪边坐？
慵⑤抛竹里行。
如何沙塞⑥客，
揬⑦甲复长征！

【注释】

① 赤帝：即祝融氏，后世以之为火神。② 权柄：权力。③ 云蒸：热气腾腾貌。④ 舍：舍弃，抛弃。⑤ 慵：困倦，懒。⑥ 沙塞：边塞沙漠之地。⑦ 揬（huàn）：穿。

【赏析】

这首诗出自《三国演义》第八十九回《武乡侯四番用计　南蛮王五次遭擒》。

这是描写蜀兵在六月天里冒着苦热南征的一首诗。前四句写景状物，后四句议论抒情，言简义丰，别有韵味。

这首诗通过烈日炎炎、阴云匿迹、海生热浪等直接描写表现天气酷热，又用孤鹤热得气喘，巨鳌热得惊恐进行侧面烘托。由天空到地面再到深海，这首诗从高到低，由近及远，全方位勾勒了无处不在的热意，令人如身临其境。这样奇热难耐的天气，将士们为什么舍弃在清凉的溪边坐着乘凉的舒适，抛开在阴凉的竹林里行走的惬意，而非要在边塞的沙漠里穿着铠甲毅然出征呢？这几句诗把出征的将士和炎热的天气放在一起，构成矛盾，引人深思，以此来烘托蜀汉将士南征的艰辛和决心。

【注释】

①　高士幽栖独闭关：指孟获的兄长孟节在万安溪边隐居。②　武侯：诸葛亮。③　锁：幽闭。

【赏析】

这首诗出自《三国演义》第八十九回《武乡侯四番用计　南蛮王五次遭擒》。

诗的前两句叙事，后两句写景。"高士幽栖独闭关，武侯曾此破诸蛮"，是说诸葛亮率军南征孟获时，军士误饮哑泉之水，不但口不能言，而且有生命危险。危难之际，诸葛亮拜访"万安隐士"孟节，得到他的热情帮助，解决了饮毒水和染瘴气的难题。"至今古木无人境，犹有寒烟锁旧山"，则描写了此处古木参天、人迹罕至、寒烟笼罩、山峦依旧的样子，营造出清幽、寂静的意境，烘托了孟节不慕名利、超凡脱俗的高洁志趣，突显了他的"高士"风范。而"至今"和"犹有"相互呼应，流露出一种物是人非的感慨。

原　文

89. 高士幽栖独闭关

高士幽栖独闭关①，

武侯②曾此破诸蛮。

至今古木无人境，

犹有寒烟锁③旧山。

原 文

90. 七擒妙策制蛮王

羽扇纶巾拥碧幢①，

七擒妙策制蛮王。

至今溪洞②传威德，

为选高原③立庙堂。

【注释】

① 碧幢（chuáng）：古代高级官员舟车上张挂的以青油涂饰的帷幔。② 溪洞：古代指今部分苗族、侗族、壮族及其聚居地区。③ 高原：高且平旷的地方。

【赏析】

这首诗出自《三国演义》第九十回《驱巨兽六破蛮兵　烧藤甲七擒孟获》。

这是赞美诸葛亮七擒孟获功绩的一首诗，从骄人战果和历史影响两方面概括评价诸葛亮的功绩，表达深深的赞美之情。

开篇直接刻画形象，让我们看到了一个儒雅倜傥、从容睿智的诸葛亮。第二句中一个"妙"字，将战争的刀光剑影、追杀嘶吼隐在诸葛亮的神机妙算、用兵如神中，化为深深的赞叹。而"七擒"二字，不但极凝练地概括出诸葛亮采取"攻心为上"的策略，七擒七纵，终于降服孟获的事实，更使这种叹服和颂扬有了依托。三、四句则写出了诸葛亮"七擒孟获"的深远影响：如今溪洞一带还传颂着诸葛亮的赫赫威名，百姓感念诸葛亮让他们自治自理的恩德，在其南征沿途建了多处武侯祠以示纪念。

【注释】

① 西秦：晋时十六国之一，在今甘肃西南部。② 老奸臣：指王朗。

【赏析】

这首诗出自《三国演义》第九十三回《姜伯约归降孔明　武乡侯骂死王朗》。

这首小诗言简意赅，形象地刻画了诸葛亮非凡的辩才。

当时，诸葛亮出师伐魏，连取天水、安定、南郡三城。魏国上下震恐，魏主曹睿命曹真为大都督，郭淮为副都督，王朗为军师，起东西两京军马二十万，抵抗蜀兵。王朗博学多才，自诩口才了得，两军对阵之际，他言辞锋利，滔滔不绝，企图劝降诸葛亮。结果诸葛亮指斥王朗理应"安汉兴刘"，却"反助逆贼，同谋篡位，罪恶深重，天地不容"，更讽刺他只配"潜身缩首，苟图衣食"，不配在行伍之前谈"天数"。七十六岁的王朗理屈词穷，"气满胸膛"，竟然"撞死于马下"。

这首小诗极简约，极凝练，又不失情趣。尤其是三四两句，写得精妙而活泼。"轻摇三寸舌"中，"轻摇"二字生动传神，写出了诸葛亮毫不费力、从容自信的状态；再加上后一句"骂死老奸臣"，不仅用语洗练、通俗易懂，还意脉贯通、倾泻而下，给人痛快舒爽、酣畅淋漓的感觉，让人不由得感叹：诸葛亮的雄辩才能着实了得，真可谓举世无双！

原　文

91. 骂死王朗

兵马出西秦①，
雄才敌万人。
轻摇三寸舌，
骂死老奸臣②。

原 文

92.空城计

瑶琴①三尺胜雄师，
诸葛西城退敌时。
十五万人回马处，
土人②指点到今疑。

【注释】

① 瑶琴：用玉装饰的琴。② 土人：世代居住本地的人。

【赏析】

这首诗出自《三国演义》第九十五回《马谡拒谏失街亭　武侯弹琴退仲达》。

这是描写诸葛亮平生第一险招——空城计的一首诗。诸葛亮出师北伐，不料马谡失街亭，蜀军死伤惨重，司马懿率十五万大军直取西城。此时，西城仅有一班文官和两千五百名士兵。诸葛亮临危不乱，以非凡的智慧、风度和军事才能，巧妙使用"空城计"，吓走司马懿，最终平安退军。

诗中，"瑶琴"与"雄师"一文一武，一弱一强，对比鲜明，而诸葛亮面对十五万魏国精兵，就凭"大开四门""焚香操琴"，创造了"瑶琴胜雄师"的奇迹，怎能不令人惊叹？"十五万人回马处，土人指点到今疑。"当地人至今还对着司马懿当年退兵的地方议论纷纷，仍不明白司马懿十五万兵马怎会被诸葛亮三尺瑶琴吓退。这首小诗，寥寥数语就把诸葛亮的料敌如神、盖世智谋刻画得淋漓尽致。

【注释】

① 嗟：叹息。② 辕门：古时军营的门或官署的外门。③ 先帝：指刘备。刘备临终前曾对诸葛亮说马谡此人"言过其实，不可大用"。

【赏析】

这首诗出自《三国演义》第九十六回《孔明挥泪斩马谡　周鲂断发赚曹休》。

这首诗写马谡拒谏失街亭，被诸葛亮依法处死之事。"失守街亭罪不轻，堪嗟马谡枉谈兵。"诸葛亮第一次北伐时，马谡自告奋勇，请命守街亭。他自恃熟读兵书，刚愎自用，不理会王平的谏言，执意要在山上安营。结果司马懿率大军围山，蜀军大败，街亭失守，导致整个北伐失败。一个"枉"字，表现了作者对马谡只会纸上谈兵、缺乏实战能力的惋惜与痛心。马谡回营，诸葛亮挥泪斩杀马谡，以严正军法。马谡在诸葛亮帐下曾屡次出谋划策，效果卓著，得到诸葛亮的赏识。斩杀马谡，诸葛亮三次落泪，既有对马谡之死的心疼、哀伤，又有对自己识人不明、用人不当的自责与痛心，想起先帝刘备"马谡不可大用"的告诫，不由得捶胸顿足！正是："辕门斩首严军法，拭泪犹思先帝明。"

原　文

93. 挥泪斩马谡

失守街亭罪不轻，
堪嗟①马谡枉谈兵。
辕门②斩首严军法，
拭泪犹思先帝③明。

原文

94. 赵云之死

常山有虎将，
智勇匹①关张。
汉水功勋在，
当阳姓字彰②。
两番扶幼主③，
一念答先皇。
青史书忠烈，
应流百世芳。

【注释】

① 匹：相当，比得上。② 彰：显扬。
③ 两番扶幼主：指赵云单骑救阿斗和截江夺阿斗两件事。

【赏析】

这首诗出自《三国演义》第九十七回《讨魏国武侯再上表　破曹兵姜维诈献书》。

诗歌开篇即高度赞扬了赵云，说他智勇双全、功勋盖世，能够和关羽、张飞相匹敌。接下来的四句诗"汉水功勋在，当阳姓字彰。两番扶幼主，一念答先皇"，概括了赵云一生的主要功绩。这里选取了当阳单骑救主和汉水截江夺主两个典型事件，重点刻画了他勇猛无敌、恪尽职守、舍生忘死的形象，突出了他的忠心不渝、有胆有识。诗中"两番"对"一念"，"幼主"对"先皇"，对仗工整，而一"扶"一"答"之间，更是行动可见，动机清晰，突显了赵云的功勋和忠义。最后"青史书忠烈，应流百世芳"则直抒胸臆，称赵云的英雄事迹和忠义精神将彪炳史书，流芳百世。

原 文

95.悍勇张苞欲建功

悍勇张苞①欲建功，
可怜天不助英雄！
武侯泪向西风洒②，
为念无人佐③鞠躬。

【注释】

① 张苞：张飞的长子，蜀军将领。② 泪向西风洒：向西哀悼。当时张苞病死在成都，诸葛亮在汉中作战。③ 佐：帮助，辅佐。

【赏析】

这首诗出自《三国演义》第九十九回《诸葛亮大破魏兵　司马懿入寇西蜀》。

张飞之子张苞随诸葛亮北伐时不慎跌落山涧，头部受伤，被送往成都养病，后因伤势过重而亡。噩耗传来，诸葛亮悲痛万分，大病一场。这首诗围绕张苞之死，写了对张苞的评价，又表现了诸葛亮的悲痛，还指明了张苞之死对蜀汉的影响，可谓层层深入。

第一句直言张苞剽悍勇猛，胸怀大志。第二句"可怜天不助英雄"，在称颂张苞为英雄的同时，也表达对英雄身死的痛惜。第三句"武侯泪向西风洒"表现了诸葛亮听闻噩耗的悲痛。张苞年轻有为，雄姿英发，是蜀汉不可多得的猛将，又是诸葛亮的子侄辈，深受诸葛亮器重和疼爱。张苞的死对诸葛亮是一种沉重打击，一向睿智多谋、镇定从容的诸葛亮也悲从中来，不可抑制，泪洒西风。末句"为念无人佐鞠躬"则写出了张苞之死对蜀汉的重要影响。当时蜀汉老一辈将领多已战死或病逝，而北伐大业正是用人之际，所谓"良将难求"，偏在此时折损了一员虎将，实在令人悲痛。

原 文

96. 木门道上射雄兵

伏弩①齐飞万点星，
木门道②上射雄兵。
至今剑阁行人过，
犹说军师旧日名。

【注释】

① 伏弩（nǔ）：埋伏的弓弩手。② 木门道：古地名，俗称峡门。

【赏析】

这首诗出自《三国演义》第一百〇一回《出陇上诸葛妆神　奔剑阁张郃中计》。

蜀军五伐中原退兵时，诸葛亮设下诱敌深入的计策，魏国名将张郃中计，被乱箭射死。这首诗的第一句就再现了蜀军万箭齐发的壮观情形。当时天色昏黑，飞射的箭支犹如万点星光，密集、迅疾、有力，带着万夫莫挡的气势射向敌军。第二句指明张郃被射死在木门道，一个"雄"字，突显了张郃的智勇双全、勇猛无敌，更衬托了木门道之战蜀军的辉煌战绩。三、四两句转而赞颂诸葛亮的神机妙算。通过"行人"至今"说军师"来表现诸葛亮威名远播，家喻户晓，也表现了木门道之战的巨大影响。

【注释】

① 蜉蝣：一种寿命极短的昆虫。② 但：只，只要。③ 寿乔松：和乔松一样长寿。乔松，王子乔和赤松子的并称，二人均为传说中的仙人。

【赏析】

这首诗出自《三国演义》第一百〇二回《司马懿占北原渭桥 诸葛亮造木牛流马》。

关兴是关羽的次子，关平的弟弟，他年轻勇武，是蜀汉新一辈的卓越将领。诸葛亮第六次北伐前，关兴病逝的噩耗传来。这就是写关兴之死的一首诗。

这首诗没有直接评价关兴的将才和功绩，而是借"蜉蝣"与"乔松"对举，着重从"忠孝"的角度刻画人物精神。前两句写生老病死乃是自然规律，生命如蜉蝣一样短暂易逝，暗合关兴的英年早逝。后两句指出只要心中怀有尽忠尽孝的气节，又何必像传说中的仙人那样长寿呢？言外之意，忠孝节义才应是人生的追求和价值的体现。关兴之死带给诸葛亮沉痛的打击，带给蜀汉王朝几近无将可用的尴尬和悲哀。但这首小诗，读来却另有一种看淡生死的豁达与洒脱，给人大气昂扬、大义生死的感觉，很耐人寻味。

原 文

97.关兴之死

生死人常理，
蜉蝣①一样空。
但②存忠孝节，
何必寿乔松③。

原　文

98. 木牛流马

剑关^①险峻驱流马^②，

斜谷崎岖驾木牛。

后世若能行此法，

输^③将安得使人愁？

【注释】

① 剑关：剑门关，在四川剑阁东北。
② 流马：即木牛流马，相传为诸葛亮发明的一种运输工具。下句的"木牛"同义。③ 输：运输，指供给。

【赏析】

这首诗出自《三国演义》第一百〇二回《司马懿占北原渭桥　诸葛亮造木牛流马》。

这是赞颂木牛流马的一首诗。相传木牛流马是诸葛亮发明的一种运输粮草的交通工具，在战争中起到了至关重要的作用。

"剑关险峻驱流马，斜谷崎岖驾木牛"，这两句以互文的手法写出了木牛流马的神奇与便利。所谓"兵马未动，粮草先行"，粮草的确是古代战争中关系胜败的重要因素，尤其是远道攻伐或长期作战，因此粮草的运输无疑是个无法回避的大问题。诸葛亮制作的木牛流马如诗中所言，能在崎岖险峻的山路上载着粮食灵活行走，更不用说那些一马平川的地方了。这么神奇的运输工具，在当时算得上是巧思绝作了。"后世若能行此法，输将安得使人愁？"以反问作结，增强语气，掷地有声，感慨中显评价，议论中有惊叹，巧妙地突显了木牛流马的重要作用。

【注释】

① 何期：怎能料想。② 就：完成，实现。③ 安得：哪里能够。

【赏析】

这首诗出自《三国演义》第一百〇三回《上方谷司马受困 五丈原诸葛禳（ráng）星》。

诗歌前两句写诸葛亮火烧司马懿之计没有成功，后两句抒发感慨，流露出遗憾之情。

"谷口风狂烈焰飘"，写出了上方谷风狂火烈的危险情势。当时，司马懿带兵进入谷内，蜀兵从山上投下无数火把，魏兵奔逃无路，眼看就要葬身火海。不料"骤雨降青霄"，浇灭了满谷大火，司马懿父子绝处逢生，诸葛亮只能无奈地叹惜。而"武侯妙计如能就，安得山河属晋朝"两句，诗人提出假想：如果当时诸葛亮的计谋能够成功，除去司马懿，"兴复汉室"的大业最终一定可以实现，也就不会由司马氏建立的晋朝统一天下了。这两句表达了对蜀国最终灭亡，晋朝统一天下的不满和遗憾。其中，"妙计""安得"与第二句的"何期"遥相呼应，体现出诗人鲜明的情感态度。

原 文

99.谷口风狂烈焰飘

谷口风狂烈焰飘，
何期①骤雨降青霄。
武侯妙计如能就②，
安得③山河属晋朝！

原 文

100.诸葛亮之死

长星①昨夜坠前营，
讣报②先生此日倾。
虎帐③不闻施号令，
麟台④惟显著勋名。
空馀门下三千客，
辜负胸中十万兵。
好看绿阴清昼⑤里，
于今无复雅歌声！

【注释】

① 长星：巨星。② 讣（fù）报：报丧。
③ 虎帐：军帐。④ 麟台：即麒麟阁，汉朝阁名，供奉功臣。汉武帝建于未央宫之中，因汉武帝元狩年间打猎获得麒麟而命名。⑤ 清昼：白天。

【赏析】

这首诗出自《三国演义》第一百〇四回《陨大星汉丞相归天　见木像魏都督丧胆》。

这是写诸葛亮之死的一首七言律诗。巨星陨落，大才逝世，军帐里再也听不见诸葛亮发号施令的声音，只有麒麟台上显示着他这一生卓著的功勋。诸葛亮是蜀汉的中流砥柱、巨轮轴心，他一逝世，"门下三千客"没了中心，"胸中十万兵"也再无机会施展。"空余""辜负"两个词，使得叹惋哀痛之情溢于言表。"于今无复雅歌声"则表达了百姓对诸葛亮的深切怀念。

原 文

101. 咏 史

〔唐〕白居易

先生晦迹①卧山林，
三顾那逢圣主寻。
鱼到南阳方得水②，
龙③飞天汉便为霖。
托孤既尽殷勤礼，
报国还倾忠义心。
前后出师遗表在④，
令人一览泪沾襟。

【注释】

① 晦迹：隐居。② 鱼到南阳方得水：刘备曾言"孤之有孔明，犹鱼之有水也"，以鱼自喻，以水喻诸葛亮。③ 龙：指诸葛亮。④ 前后出师遗表在：诸葛亮曾两次上表请求出师，这两次所上表章被称为前、后《出师表》。

【赏析】

这首诗出自《三国演义》第一百〇四回《陨大星汉丞相归天　见木像魏都督丧胆》。

这是写诸葛亮感刘备知遇之恩，鞠躬尽瘁，死而后已的一首诗。

这首诗前四句写刘备三顾茅庐请诸葛亮出山，诸葛亮躬逢圣主，大展宏图。"鱼到南阳方得水，龙飞天汉便为霖"，写出了诸葛亮的足智多谋、超群之才，也表现了明君贤相相契合的情形。诗的后四句写诸葛亮身负托孤重任，忠心耿耿，殚精竭虑。"托孤既尽殷勤礼，报国还倾忠义心"，是说刘备托孤情深意切，而诸葛亮为回报刘备，辅助后主也竭忠尽智。诸葛亮六出祁山时身体每况愈下，他深知北伐艰难，曾在《后出师表》中再次表明自己的忠心和对现实的忧思，真是令人泪下沾襟！

原 文

102. 叹卧龙

〔唐〕元 稹

拨乱扶危主，
殷勤受托孤。
英才过管乐^①，
妙策胜孙吴^②。
凛凛《出师表》，
堂堂八阵图。
如^③公全盛德，
应叹古今无！

【注释】

① 管乐：指管仲和乐毅，两人分别为春秋时期著名的政治家和战国时期杰出的军事家。② 孙吴：指孙武和吴起，春秋战国时著名的军事家。③ 如：像。

【赏析】

这首诗出自《三国演义》第一百〇四回《陨大星汉丞相归天　见木像魏都督丧胆》。

这是赞颂诸葛亮杰出才能、伟大功绩和高尚人格的一首诗。在各方势力角逐争霸的动乱年代，诸葛亮辅佐刘备讨贼复汉，后又"竭股肱之力，尽忠贞之节"扶助后主。他自身"英才过管乐，妙策胜孙吴"，又有"凛凛《出师表》，堂堂八阵图"，可见其理政之才、治军之术、用兵之策都推群独步。而诸葛亮的高世之才是与他忠心不渝、克己奉公、鞠躬尽瘁的高尚人格相辅相成、相得益彰的。其智其德完美结合，焕发出巨大的人格力量，可敬可叹，可歌可泣，令人景仰，堪称古今无一。

原　文

103. 死诸葛走生仲达①

长星半夜落天枢②，
奔走还疑亮未殂③。
关外④至今人冷笑，
头颅犹问有和无！

【注释】

①　仲达：司马懿的字。②　天枢：北斗第一星，此处借指天空。③　殂（cú）：死。④　关外：指陕西一带。

【赏析】

这首诗出自《三国演义》第一百〇四回《陨大星汉丞相归天　见木像魏都督丧胆》。

这是赞颂诸葛亮料敌如神的一首诗。诸葛亮第六次北伐时，司马懿坚壁不出。后来司马懿料定诸葛亮已死，就下令追击蜀军，不料竟看到蜀军布成阵势，回旗返鼓，簇拥着诸葛亮（其实是诸葛亮的雕像）出来。司马懿大惊之下，以为中了诸葛亮的"诈死诱敌之计"，连忙回马逃窜。"长星半夜落天枢，奔走还疑亮未殂"，写出了司马懿逃走时的狼狈情态。而"关外至今人冷笑，头颅犹问有和无"，则借助关外人氏的冷笑和司马懿"摸头发问"这一细节，刻画其惊疑不定的样子。司马懿颇具雄才大略，料事如神，却被诸葛亮的雕像吓得抱头鼠窜，摸着自己的头问部下："我有头否？"这从侧面烘托了诸葛亮的神机妙算，料敌如神。无怪乎蜀地流传着一句谚语："死诸葛能走生仲达。"

原 文

104.蜀 相

〔唐〕杜 甫

丞相祠堂①何处寻，
锦官城②外柏森森。
映阶碧草自春色，
隔叶黄鹂空③好音。
三顾频烦④天下计，
两朝开济⑤老臣心。
出师未捷⑥身先死，
长使英雄泪满襟！

【注释】

① 丞相祠堂：指成都武侯祠。② 锦官城：成都的别名。③ 空：白白的。④ 频烦：犹"频繁"，多次。⑤ 开济：开创扶助。⑥ 出师未捷：指诸葛亮北伐中原，兴复汉室的大业尚未成功。

【赏析】

这首诗出自《三国演义》第一百〇五回《武侯预伏锦囊计　魏主拆取承露盘》。

这是杜甫瞻仰武侯祠而写的一首七律，熔情、景、议于一炉，抒发对诸葛亮才智、品德的崇敬和对诸葛亮功业未遂的感慨，蕴藉深厚，寄托遥深。

前四句写祠堂之景，后四句写丞相之事。首联开门见山，一问一答，点出了祠堂所在。颔联借写武侯祠内的清幽肃穆衬托祠堂的荒凉冷寂，碧草映阶足见草深，黄鹂隔叶足见树茂，空作好音突显无人游赏，冷清寂静。其中，一"自"一"空"含意丰富，写了碧草与黄鹂并不理解人事的变迁和朝代的更替，也表明了后人对武侯祠的遗忘和冷落。颈联从刘备求贤若渴、诸葛亮图报赤诚两方面突出诸葛亮的才与德，以"天下计"显雄才大略，以"老臣心"表忠心报国，沉挚悲壮。其实，从"天下计"到"老臣心"，就是从"隆中对"到"六出祁山"，这不就是诸葛亮一生的写照吗？尾联则叹惜他壮志未酬身先死的结局，并发出"长使英雄泪满襟"的感慨，写出了诸葛亮的事迹和精神对后人的深远影响，也表现了杜甫怀古伤今的叹惋和感伤。

原　文

105. 咏怀古迹五首（其五）

〔唐〕杜　甫

诸葛大名垂宇宙，

宗臣①遗像肃清高。

三分割据纡筹策②，

万古云霄一羽毛。

伯仲之间见伊吕③，

指挥若定失萧曹④。

运移汉祚⑤终难复，

志决身歼⑥军务劳。

【注释】

① 宗臣：受人景仰的大臣，这里指诸葛亮。② 纡（yū）筹策：曲折周密地运筹策划。纡，弯曲，曲折。③ 伊吕：指商代的伊尹和周代的吕尚，二人皆为辅佐贤主的开国名相。④ 失萧曹：使萧何、曹参相形见绌。萧何、曹参为西汉开国重臣。⑤ 汉祚（zuò）：汉室。⑥ 身歼：身死。

【赏析】

这首诗出自《三国演义》第一百〇五回《武侯预伏锦囊计　魏主拆取承露盘》。

这首诗是《咏怀古迹五首》中的第五首。诗人没有描写武侯祠内的景致，而是以激情昂扬的笔触，对诸葛亮的雄才大略进行了热烈的颂扬，对其壮志未遂叹惋不已！

这首诗从进祠、瞻像到叙事、评论，层层推进，高妙而有情韵。开篇两句如异峰突起，笔力雄放，直接将诸葛亮放到了"名满寰宇，万世不朽"的高度。其中，"宗臣"二字总领全诗。颔联、颈联则以洗练的诗句高度概括了诸葛亮的文治武功。"三分割据纡筹策，万古云霄一羽毛"侧重表现他的不朽功绩，"伯仲之间见伊吕，指挥若定失萧曹"侧重表现他的非凡才能。这两联表达了诗人对诸葛亮的极度崇敬和赞美，逐渐将情感推向高潮。尾联蓄势已足，奏出了感人肺腑的最强音——"运移汉祚终难复，志决身歼军务劳"。诗人感慨诸葛亮生不逢时，虽有满腔抱负、稀世才能，但终究壮志未酬，不能恢复汉室，反而因军务繁忙，积劳成疾，死于征途。这既是对诸葛亮"鞠躬尽力，死而后已"高尚品节的赞歌，也是对英雄未遂平生志的深切叹惋。

原 文

106.孙权之死

紫髯①碧眼号英雄，
能使臣僚肯尽忠。
二十四年②兴大业，
龙盘虎踞③在江东。

【注释】

① 髯（rán）：两颊上的胡子。② 二十四年：指孙权在东吴称帝的时间。229年，孙权于武昌登基为皇帝，建国号大吴，252年，孙权病逝，终年七十一岁。③ 龙盘虎踞：比喻为英雄豪杰所盘踞。

【赏析】

这首诗出自《三国演义》第一百〇八回《丁奉雪中奋短兵　孙峻席间施密计》。

这首诗以凝练的语言概括了孙权的一生。"紫髯碧眼号英雄"勾勒出孙权不凡的相貌：他生得方颐大口，碧眼紫髯，一副帝王之相。孙权出掌江东期间，十分重视人才，敢于破格提拔青年才俊，使得东吴人才荟萃、文武咸集，形成了"能使臣僚肯尽忠"的局面。而"二十四年兴大业，龙盘虎踞在江东"则概括了孙权的不朽功业。他在龙争虎斗、群雄逐鹿的政治舞台上活跃了五十三年，其中称帝二十四年，凭借长江之险，坐镇江东，与蜀国、魏国三分天下，鼎足而立。

这首诗构思奇巧，抓住孙权的相貌特点、领导才能和最终成就大笔勾勒，展现了孙权作为政治家和战略家的风采。

原　文

107. 又见文鸯胆气高

长坂当年独拒曹，
子龙从此显英豪。
乐嘉①城内争锋处，
又见文鸯②胆气高。

【注释】

　　① 乐嘉：地名，在今河南商水。② 文鸯：魏国扬州刺史文钦之子。

【赏析】

　　这首诗出自《三国演义》第一百一十回《文鸯单骑退雄兵　姜维背水破大敌》。

　　魏国发生高平陵之变后，司马懿和他的儿子司马师、司马昭独专朝政。后来，将领毌（guàn）丘俭与昔日曹爽门客、扬州刺史文钦举兵讨伐司马师。文钦的儿子文鸯智慧超群、武力绝人，被任命为先锋。对战中，因敌兵势大，部下兵将各自逃散，文鸯只能单骑突围。在乐嘉桥边，他勇猛无敌，杀退魏兵后，回过头去缓缓而行，神态安然。魏将连续追杀了四五次，都被文鸯杀退。

　　这首小诗文辞简约，对比烘托也恰到好处。前两句赞颂当年长坂坡上赵云单骑救主的威武风姿，并以此为铺垫，引出后两句称颂文鸯单骑退雄兵的胆略勇武和从容镇定："乐嘉城内争锋处，又见文鸯胆气高。"这与小说情节互为补充，浑然一体。

原 文

108. 忠臣矢志不偷生

忠臣矢志不偷生，
诸葛公休①帐下兵。
《薤露》歌声应未断，
遗踪直欲继田横②！

【注释】

① 诸葛公休：诸葛诞，字公休，三国后期曹魏的重要将领。② 田横：原为齐国贵族，汉高祖刘邦统一天下后，田横不肯称臣，率五百门客逃往海岛，后在招安途中自杀。门客得知田横已死，也都自杀。

【赏析】

这首诗出自《三国演义》第一百一十二回《救寿春于诠死节 取长城伯约鏖兵》。

这是赞颂诸葛诞一众部卒宁死不降司马昭的诗。当时，诸葛诞是魏国的镇东大将军，因不满司马昭禅代魏统的图谋，兴兵讨伐，可惜战事失利，被斩于马下。随他突围的数百士兵被俘，誓死不降，被司马昭逐一杀死。最后，就连司马昭也叹息不已，让人埋葬了这些士兵。

这首诗最大的特点就是把诸葛诞的士兵和秦末汉初田横门下五百义士相媲美，歌颂了他们忠心不渝、舍生取义、杀身成仁的高尚气节。"《薤露》歌声应未断，遗踪直欲继田横！"《薤露》是古代的挽歌。这两句以"歌声"引发人们的联想，让人忆起孤岛上田横手下的五百壮士舍生取义的悲壮场景，极具感染力。

原 文

109. 潜龙诗

〔三国魏〕曹髦①

伤哉龙②受困，

不能跃深渊。

上不飞天汉，

下不见于田。

蟠③居于井底，

鳅鳝④舞其前。

藏牙伏爪甲，

嗟我亦同然！

【注释】

① 曹髦（máo）：即魏国的高贵乡公，魏文帝曹丕之孙，东海定王曹霖之子，三国时期曹魏的第四任皇帝。② 龙：曹髦自喻。③ 蟠：屈曲，环绕。④ 鳅鳝：泥鳅和黄鳝，比喻司马昭等奸臣、小人。

【赏析】

这首诗出自《三国演义》第一百一十四回《曹髦驱车死南阙　姜维弃粮胜魏兵》。

司马懿的长子司马师废魏主曹芳后，身为宗室的曹髦被选为新帝，但魏室衰微，大权旁落。曹髦受司马氏摆布欺凌，愤恨又无奈，作《潜龙诗》自嘲，形象地表现了他的处境和内心世界。

曹髦以龙自喻，写出了自己受制于人、不得自由的困境，指出自己居帝位却不能掌握皇权，有其名而无其实；又用"鳅鳝"喻指司马昭等当道的奸臣，"舞其前"则表现了司马氏的张扬跋扈，独断专横。诗中，一"蟠"一"舞"，用字精妙，在对比中增加形象性，生动地表现了曹髦的无奈和司马氏的淫威。"藏牙伏爪甲，嗟我亦同然！"卒章显志，自伤中有无奈，自嘲中有不满，曹髦的心理被刻画得淋漓尽致。

此外，作为吐露人物心声的诗歌，《潜龙诗》还推进了小说故事情节的发展。后来，曹髦不甘心"坐受废辱"，聚集宫中侍卫讨伐司马昭，结果不幸落得被杀身死的悲惨结局。

原 文

110. 王经之死

汉初夸伏剑①，
汉末见王经②：
真烈心无异，
坚刚志更清。
节如泰华③重，
命似鸿毛轻。
母子声名在，
应同天地倾。

【注释】

① 伏剑：指汉将王陵母亲伏剑而死之事。当时，王陵是刘邦一方的将领，项羽抓住王陵的母亲，想招降王陵，结果王陵母亲大义凛然，伏剑而死。② 王经：三国时曹魏大臣，因为没有告发曹髦讨伐司马昭之事，和母亲一同被处死。③ 泰华：指泰山和华山。

【赏析】

这首诗出自《三国演义》第一百一十四回《曹髦驱车死南阙　姜维弃粮胜魏兵》。

魏帝曹髦不甘受司马氏挟制，决定带官人讨伐司马昭。这无异于以卵击石，于是王经苦谏，无奈曹髦不听。事败后，王经因知情不报，与其母一同被处死。

这是赞颂王经母子坚守气节的一首诗。诗歌开篇"伏剑"与"王经"对举，用王陵之母大义生死来烘托王经的耿介忠贞、正道直行。接下来四句诗集中表现了王经的人格和气节，称赞他忠诚清正，舍生取义，视死如归。尤其是"节如泰华重，命似鸿毛轻"两句，巧妙取譬，以"泰华"与"鸿毛"构成一组意象，对比鲜明，轻重立判，意旨突出。当时，王经全家均被收捕，王经对着母亲叩头痛哭，自责连累了母亲，母亲却说死得其所，没有遗憾，于是母子含笑赴死，百姓无不落泪！诗的最后两句"母子声名在，应同天地倾"，直抒胸臆，赞叹感佩，又起到了照应开头的作用。

【注释】

①阴平：益州的一个郡。②先几：预示事物即将出现的细微征兆。

【赏析】

这首诗出自《三国演义》第一百一十七回《邓士载偷度阴平　诸葛瞻战死绵竹》。

蜀魏战场出现僵持局面时，魏国大将邓艾偷度阴平，奇袭成功。这是赞颂邓艾有勇有谋、身先士卒的一首诗。

"阴平峻岭与天齐，玄鹤徘徊尚怯飞"，这两句是说此处崇山峻岭与天比高，玄鹤胆怯，不敢飞越。通过"天""玄鹤"等意象进行对比烘托，夸张而形象地描写了阴平山势的高和险。大军行至此处，"峻壁巅崖，不能开凿"，无法通过，六十六岁的邓艾就裹上毡子，毫不犹豫地滚了下去，身先士卒的精神令人肃然起敬。果不其然，他的勇气激励了全军将士，军士都一个跟着一个下来了。而"谁知诸葛有先几"又为小诗增添了几分神秘色彩，也为后文情节埋下了伏笔。原来，邓艾等人度过了摩天岭，看见道旁有一块诸葛亮生前题写的石碣，刻着："二火初兴，有人越此；二士争衡，不久自死。"邓艾灭蜀后，居功自傲，遭到司马昭猜忌和钟会等人妒恨，最终被杀害，应了碑上所刻文字。

111. 偷度阴平

阴平①峻岭与天齐，
玄鹤徘徊尚怯飞。
邓艾裹毡从此下，
谁知诸葛有先几②。

原 文

112. 刘谌之死

君臣^①甘屈膝，
一子独悲伤。
去矣西川事，
雄哉北地王^②！
捐身^③酬烈祖，
搔首^④泣穹苍。
凛凛人如在，
谁云汉已亡？

【注释】

① 君臣：指蜀汉后主刘禅及其大臣。② 北地王：即刘谌（chén），刘备之孙，后主刘禅第五子，封北地王。③ 捐身：献出生命，此处指自杀殉国。④ 搔首：用手抓挠头发，形容心烦意乱。

【赏析】

这首诗出自《三国演义》第一百一十八回《哭祖庙一王死孝 入西川二士争功》。

这首诗赞颂了蜀汉后主刘禅投降之际，其子刘谌宁死不辱的气节和风骨。当时，魏国大举伐蜀，邓艾大军兵临城下，大臣谯（qiáo）周主张向魏投降。刘禅之子北地王刘谌怒斥谯周，请求守城，与魏兵决一死战，可惜刘禅不听。"一子独悲伤"中，"独"字极有表现力，在皇帝和满朝文武俱主张投降的背景下，刘谌的声音是另类而微弱的，他空有一腔报国之志，却无法施展，回天乏力，只能眼睁睁地看着大好的祖宗基业被生生葬送！多么心酸悲愤，多么无奈无助！"去矣西川事，雄哉北地王！"虽然蜀汉被灭，但刘谌的形象越发雄壮，他以单薄的血肉之躯，为后人铸就了一座忠义的丰碑。听闻刘禅送出玉玺投降邓艾，他到昭烈庙痛哭一场，自杀殉国。刘谌虽死犹生，真是"凛凛人如在，谁云汉已亡？"

【注释】

① 昭烈：刘备的谥号。

【赏析】

这首诗出自《三国演义》第一百一十八回《哭祖庙一王死孝　入西川二士争功》。

这首诗表现的是后主投降，蜀国灭亡这一重要事件。诗的前两联写亡国之因。第一联写魏兵来犯，后主投降之事。"入川"和"偷生"言约义丰。没有刀光剑影的恶战，没有胶着难解的厮杀，魏兵轻而易举就进入西川。也正因为"入川"的衬托，"偷生"二字更意蕴分明。第二联刻画了两个人物，一个是奸佞宦官黄皓，一个是忠心大将姜维。奸臣风生水起，独断专权；忠臣却被迫去沓中屯田避祸。诗句的字里行间弥漫着叹惋之情。

后两联抒发亡国之恨。先写了面对降魏一事，蜀军将士和王孙贵胄刘谌的反应。又结合历史进行评述，抒发亡国之恨。"良不易"和"顿成灰"形成鲜明对比，沉痛的悼亡中满是悲怆的感慨！想当年，刘备戎马一生，诸葛亮鞠躬尽力，关、张等将领出生入死，君臣众志成城，披荆斩棘，励精图治数十年，才创下了这蜀汉基业，着实不易！然而，后主竟不战而降，使"一朝功业顿成灰"，岂不可悲可叹！

这首诗开篇起语貌似平淡，落笔作结却极其凝重，其情、其痛、其悲层层铺开，逐渐渲染，感人至深。

113. 后主出降

魏兵数万入川来，

后主偷生失自裁。

黄皓终存欺国意，

姜维空负济时才。

全忠义士心何烈，

守节王孙志可哀。

昭烈①经营良不易，

一朝功业顿成灰。

原文

114. 筹笔驿

〔唐〕李商隐

鱼鸟犹疑畏简书①，
风云长为护储胥②。
徒令上将③挥神笔，
终见降王走传车④。
管乐有才真不忝⑤，
关张无命欲何如！
他年锦里⑥经祠庙，
《梁父》吟成恨有馀！

【注释】

① 简书：军令文书。② 储胥（xū）：军用的栅栏、藩篱。③ 上将：指诸葛亮。④ 传（zhuàn）车：古代驿站的专用车辆。⑤ 忝（tiǎn）：辱，有愧于。⑥ 锦里：武侯祠所在地。

【赏析】

这首诗出自《三国演义》第一百一十八回《哭祖庙一王死孝　入西川二士争功》。

这是诗人途经筹笔驿而作的怀古诗，表达了对诸葛亮的崇敬和对他未能统一中原的遗憾。

首联想象奇特，运用拟人手法，说鱼鸟畏惧诸葛亮治军严明，风云看护他军垒的藩篱栏栅，衬托了诸葛亮的神威。中间两联则赞颂了诸葛亮的雄才大略，也指出了他功业未就的原因。其中，"徒令"与"终见"，一出一对，令人唏嘘。尾联则赞颂中含钦慕，歌咏中显遗恨，表达了诗人对诸葛亮功业未成的无限遗憾和深切悲痛。

值得一提的是，为了突显诸葛亮的神威与才能，诗人运用了"抑扬交替"的手法集中表现"恨"字。诸葛亮智谋无双，然而后主庸碌昏聩；诸葛亮华才超群，然而良将后继乏人。首联是"扬"，颔联是"抑"，颈联出句是"扬"，对句是"抑"。抑扬交错，跌宕起伏，文意连属，一以贯之。

【注释】

① 马到山根断：指天堑绝壁，无路可走。② 兵来石径分：指邓艾带领将士们凿山开路、遇谷架桥，使绝路变通途。

【赏析】

这首诗出自《三国演义》第一百一十九回《假投降巧计成虚话　再受禅依样画葫芦》。

这首诗概括了魏国大将邓艾的一生。从他幼时聪慧写起，到被害身死结束，中间描写了他偷度阴平，一举灭蜀的功绩。

前四句旨在表现邓艾胸怀大略、博学多才，有卓越的军事才能。尤其是"凝眸知地理，仰面识天文"两句，凝练而生动，推崇赞颂之情透字而来。"凝眸""仰面"，多么平常的动作，多么随意的姿态，而邓艾却在凝眸、仰面的瞬息之间便已"知地理""识天文"，足见其天赋卓绝，见识非凡。

后四句表达了对邓艾居功至伟却遭杀害的感慨。邓艾眼光独到，胆略非凡，他带领士兵凿山开路，攀木缘崖，历尽千辛万苦，偷度阴平，奇袭成功，攻破蜀国。"马到山根断，兵来石径分"就描绘了行军之艰难。然而这样一位功臣，却因为钟会的嫉恨、司马昭的猜忌而落得个"功成身被害"的结果，着实令人心生感慨，满怀同情！

原　文

115. 邓艾之死

自幼能筹画，
多谋善用兵。
凝眸知地理，
仰面识天文。
马到山根断①，
兵来石径分②。
功成身被害，
魂绕汉江云。

原 文

116.钟会之死

髫年①称早慧，
曾作秘书郎。
妙计倾司马，
当时号子房②。
寿春③多赞画④，
剑阁显鹰扬⑤。
不学陶朱⑥隐，
游魂悲故乡。

【注释】

① 髫（tiáo）年：幼年，童年。髫，古代小孩头上扎起来的下垂头发。② 子房：汉初张良字子房，是刘邦的重要谋臣。③ 寿春：今安徽寿县。④ 赞画：辅佐谋划。⑤ 鹰扬：勇武如雄鹰飞扬。⑥ 陶朱：春秋时期越国大夫范蠡的别称。范蠡辅佐越王勾践打败吴国后，谢绝封赏，弃官归隐，居于陶，称朱公。

【赏析】

这首诗出自《三国演义》第一百一十九回《假投降巧计成虚话　再受禅依样画葫芦》。

这首诗前六句赞颂钟会的才能和功绩，后两句议论钟会之死。钟会自幼聪颖，多智善谋，文武兼备，仕途顺遂。他凭借良策妙计成为司马氏集团的重要辅臣，有张良之才。在寿春讨伐诸葛诞时，他谋划颇多，策出令行，令行则成。攻打蜀国时，他勇武如雄鹰飞扬，真乃一代人杰！然而才高人嫉，功高主惮，钟会偏偏又拥兵自重，不甘功成身退。在他发现自己遭到司马昭猜忌后，就反叛起事，结果在乱军中被杀死，成为又一个政治舞台上的悲剧角色，实在可悲可叹！

117.咏史诗·岘山

〔唐〕胡 曾

晓日登临感晋臣①，
古碑零落岘山②春。
松间残露频频滴，
疑是当年堕泪人③。

【注释】

① 晋臣：指羊祜（hù），西晋初年著名战略家、政治家、文学家。② 岘（xiàn）山：襄阳南面的要塞。晋代魏后，司马炎有吞吴之心，羊祜曾坐镇襄阳。③ 堕泪人：羊祜深得军民之心，死后，百姓和守边将士为他建庙立碑。看到石碑的人，没有不流泪的。

【赏析】

这首诗出自《三国演义》第一百二十回《荐杜预老将献新谋　降孙皓三分归一统》。

这是一首凭吊羊祜的诗歌。羊祜镇守襄阳期间，深得军民爱戴。他修身、处世、治军皆刚柔相济，以柔克刚，颇有儒将风采。然而，这首小诗没有具体描写羊祜的肖像、性格、才能、操守与功绩，而是以"堕泪碑"为切入点，通过写人们对羊祜的怀念与深情，衬托其令人景仰的形象，小物寄慨，构思精巧。"松间残露频频滴，疑是当年堕泪人"一句，融情入景，借景抒情，妙用比喻，颇有味道。

原 文

118. 张悌之死

"杜预"巴山见①大旗，

江东张悌②死忠时。

已拚王气南中尽，

不忍偷生负③所知。

【注释】

① 见：同"现"。② 张悌：东吴丞相。③ 负：违背，背弃。

【赏析】

这首诗出自《三国演义》第一百二十回《荐杜预老将献新谋　降孙皓三分归一统》。

当时，晋武帝司马炎派杜预大举伐吴，杜预派人在巴山竖起旗帜，虚张声势，后来军威大振，直捣建业。东吴丞相张悌明知东吴即将灭亡，仍"独奋力搏战"，不肯忍辱偷生。他垂泪说："吴之将亡，贤愚共知；今若君臣皆降，无一人死于国难，不亦辱乎！"最终"死于乱军之中"。

在那个成王败寇的乱世，在那个所谓良禽择木而栖，所谓识时务者为俊杰的年代，张悌以死殉国的高尚气节如此光彩夺目！更何况，这本是一条早已铺好的赴死之路！知其难而为是勇气可嘉，是不懈追求；知其不可为而为就是精神可表，是痛苦的坚守了。张悌无疑为后人树立了一座精神的丰碑！

原　文

119. 西塞山怀古

〔唐〕刘禹锡

西晋楼船①下益州，
金陵②王气黯然收。
千寻③铁锁沉江底，
一片降旗出石头④。
人世几回伤往事，
山形依旧枕⑤寒流。
今逢四海为家日，
故垒⑥萧萧芦荻秋。

【注释】

①　楼船：巨大的战船。②　金陵：东吴国都建业，即现在的南京。③　千寻：形容很长。古代一寻是八尺。④　石头：指石头城，即金陵。⑤　枕：靠近。⑥　故垒：古代的堡垒。

【赏析】

这首诗出自《三国演义》第一百二十回《荐杜预老将献新谋　降孙皓三分归一统》。

这首诗写西晋东下灭吴的场景。前两联在对比中写出了双方的强弱、作战的方式和战争的结局。后两联则重在抒情议论，表达物是人非的感慨。

第一联，"下益州"和"黯然收"对举，益州与金陵相距甚远，然而西晋楼船刚"下益州"，金陵王气便"黯然收"，形象地表现出一方声势赫赫，一方闻风丧胆的情势。第二联"铁锁沉江底"，写东吴的防御工事被摧毁，结果便是"一片降旗出石头"。这两句不仅写出了东吴兵败如山倒的情形，也让我们看到了西晋摧枯拉朽的强大气势。第三联"人世几回伤往事，山形依旧枕寒流"中，一个"伤"字，点明了诗人凭吊的情感；"几回"一词则让情意悠远深邃了许多，诗人即景抒怀，却又放眼六朝的兴亡，更广阔的历史背景大大提升了诗的境界；而"依旧"两字又巧妙地表达了物是人非的感慨。最后一联"今逢四海为家日，故垒萧萧芦荻秋"，指明如今是天下大一统的局势，割据时代的军事堡垒已荒废在一片秋风芦荻中。此诗纵横开阖、寓意深刻，堪称绝唱。

原 文

120. 三国归晋

高祖提剑入咸阳，

炎炎红日升扶桑①；

光武龙兴成大统，

金乌②飞上天中央；

哀哉献帝绍海宇③，

红轮西坠咸池傍！

何进无谋中贵④乱，

凉州董卓居朝堂；

王允定计诛逆党，

李傕郭汜⑤兴刀枪；

四方盗贼如蚁聚，

六合⑥奸雄皆鹰扬；

孙坚孙策起江左⑦，

袁绍袁术兴河梁⑧；

刘焉父子据巴蜀，

刘表军旅屯荆襄；

张燕张鲁霸南郑，

马腾韩遂守西凉；

陶谦张绣公孙瓒⑨，

各逞雄才占一方。

曹操专权居相府，

【注释】

① 扶桑：传说中的神树。此处指太阳升起的地方。② 金乌：传说太阳中有三足乌，后来也用金乌比喻太阳。③ 绍海宇：指继承天下。④ 中贵：指有权势的太监。⑤ 李傕(jué)郭汜(sì)：均为东汉末年将领、权要。⑥ 六合：泛指天下。⑦ 江左：长江以东。⑧ 河梁：黄河以北。⑨ 公孙瓒(zàn)：字伯珪，辽西令支人，出身贵族。杀死刘虞后成为北方最强大的诸侯之一。后与袁绍征战，失败后自焚而亡。⑩ 貔貅(pí xiū)镇中土：貔貅，传说中的猛兽，古代用来比喻勇猛的军队。中土，指中原地区。⑪ 楼桑：刘备原来住在楼桑村。⑫ 无家：指没有立足的根基。⑬ 升遐：古代帝王去世的委婉说法。⑭ 历数：命数。⑮ 山坞(wù)：四面高中间凹下的地方。⑯ 劬(qú)劳：劳累。⑰ 丕(pī)睿芳髦(máo)才及奂：魏国的几任帝王，具体指魏文帝曹丕、魏明帝曹睿、齐王曹芳、高贵乡公曹髦、魏元帝曹奂。⑱ 石头城：金陵又叫石头城，是吴国国都。⑲ 陈留归命与安乐：陈留，指曹奂。曹奂被废后，司马炎封他陈留王。归命，指孙皓。孙皓降后被封为归命侯。安乐，指刘禅。刘禅降后被封为安乐公。

【赏析】

这首诗出自《三国演义》第一百二十回《荐杜预老将献新谋 降孙皓三分归一统》。

这是《三国演义》结尾的一首古风，全

诗共五十二句，实际上是韵文写成的史评。这首诗从东汉衰败、天下大乱开始写，到豪强并起、群雄逐鹿，再到三分天下、蜀汉鼎足，最后写分久必合、三国归晋。一幕幕纷争、一段段历史，随着诗文的展开呈现在读者眼前。

想当初，汉高祖刘邦进兵咸阳，建立大汉，后来虽有王莽篡位之事，但光武帝刘秀还是以布衣之身，光复汉室。可惜，到汉献帝时，朝政腐败衰颓，大将军何进没有谋略，宦官作乱，董卓霸占朝纲。再后来，司徒王允定下连环计，诛杀了董卓，董卓的部下李傕、郭汜兴兵复仇，从此天下大乱。

孙坚、孙策、袁绍、袁术、刘焉父子、刘表、张燕、张鲁、马腾、韩遂、陶谦、张绣、公孙瓒等各路英雄乘势而起，各霸一方。最终，曹操以大汉丞相的身份，挟天子以令诸侯，独霸朝纲。

刘备本是汉皇宗亲，与关羽、张飞桃园结义，立志齐心协力兴复汉室。但由于将寡兵微，他不得不寄人篱下，奔波半生。后来，他三顾茅庐，请诸葛亮出山，定下三分天下的策略。刘备等人披荆斩棘，艰苦奋斗数十年，终于在西川成就霸业。可惜，刘备一意孤行，兴兵伐吴，在夷陵之战中被陆逊火烧连营，惨败而归。他也因此一病不起，仅称帝三年，便在白帝城托孤。诸葛亮临危受命，六出祁山，虽有旷世奇才，却也无力回天，最终"出师未捷身先死"。姜维承其遗志，九伐中原，也是回天乏术。等到钟会、邓艾分兵伐蜀，刘禅出降，蜀汉政权宣告终结。

曹魏政权在历经曹丕、曹睿、曹芳、曹髦、曹奂五位帝王后，最终被司马氏篡权。司

原 文

牢笼英俊用文武；
威挟天子令诸侯，
总领貔貅镇中土⑩。
楼桑⑪玄德本皇孙，
义结关张愿扶主；
东西奔走恨无家⑫，
将寡兵微作羁旅；
南阳三顾情何深，
卧龙一见分寰宇；
先取荆州后取川，
霸业图王在天府；
呜呼三载逝升遐⑬，
白帝托孤堪痛楚！
孔明六出祁山前，
愿以只手将天补；
何期历数⑭到此终，
长星半夜落山坞⑮！
姜维独凭气力高，
九伐中原空劬劳⑯；
钟会邓艾分兵进，
汉室江山尽属曹。
丕睿芳髦才及奂⑰，

原文

司马又将天下交；
受禅台前云雾起，
石头城^⑱下无波涛；
陈留归命与安乐^⑲，
王侯公爵从根苗：
纷纷世事无穷尽，
天数茫茫不可逃；
鼎足三分已成梦，
后人凭吊空牢骚。

马炎灭吴后，建立晋朝，曹奂被封为陈留王，孙皓被封为归命侯，刘禅被封为安乐公。至此，晋朝实现了天下一统。

整首诗以蜀汉为中心，展示魏、蜀、吴三国历史的演进和发展，以诗的语言对小说内容进行了简要的回顾和总结，是整部小说不可缺少的组成部分，具有很高的价值。它再现了三国时期波谲云诡的历史风云，勾画了沧桑百年的金戈铁马。那数不尽的风流人物，如一朵朵跳跃的浪花，浮沉在滚滚逝去的历史长河中。"纷纷世事无穷尽，天数茫茫不可逃"，诗歌在述说三国历史的基础上，又抒发了对朝代更迭、世事沧桑的无限感慨。

篇末的"鼎足三分已成梦，后人凭吊空牢骚"，与卷首词《临江仙·滚滚长江东逝水》遥遥相对，首尾呼应。一"梦"一"空"两个字，味道浓深，既流露出悲观的情绪、空幻的意蕴，又表现出对世事的洞彻和超越，还有叩问历史、俯视历史的大气与崇高，深沉阔大，笔法绝妙。